Gallmeister

COBB
TOURNE MAL

Mike McCrary

COBB TOURNE MAL

Roman

Traduit de l'américain
par Christophe Cuq

Gallmeister

Collection
NEO NOIRE

Titre original : *Remo Went Rogue*

ISBN 978-2-35178-153-1
ISSN 2426-7422

Photo de couverture © Plainpicture/Lohfink
Photo de l'auteur © Mike McCrary
Conception de la couverture : Valérie Renaud

Pour tous les gens bien,
et pour certains parmi les mauvais.

PREMIÈRE PARTIE

(Un vrai connard)

1

LESLIE aime se taper des mecs.

Parfois, elle en est réduite à se taper des types qu'elle n'aime pas spécialement.

Ça arrive.

Et alors ?

Quand on est une femme de trente-trois ans qui habite New York et qui aime se taper des mecs, on peut être amenée à coucher avec quelques glands. Non, le côté littéral de cette phrase ne m'a pas échappé, mais bon, vous saisissez. Une femme attirante qui occupe un emploi exigeant, avec des horaires improbables entourée d'hommes aux mœurs légères doit parfois revoir ses standards à la baisse si elle veut tirer un coup.

Le sexe, ou le droit chemin.

Le mauvais chemin affiche un sacré palmarès.

Encore une fois, ça arrive.

Toutes ces pensées tourbillonnent dans la jolie petite tête de Leslie tandis qu'elle va et vient appuyée sur ses coudes. Couchée sur un bureau.

Dans l'obscurité.

En plein ébat avec l'un des glands susmentionnés.

Encore que Remo ne soit pas vraiment un gland. À vrai dire, elle ne sait quasiment rien de lui – ce qui n'est sans doute pas plus mal. Ce qu'elle sait en revanche, c'est qu'il parle pendant l'acte.

Beaucoup.

Il ne l'a pratiquement pas fermée depuis qu'ils ont commencé. Dans un débit rythmé par les coups de reins, Remo raconte une histoire.

— Un mardi comme un autre, une bande de violents fils de putes décident de braquer une banque.

REMO brosse le tableau d'un jour de semaine en apparence normal dans la grande ville. Chaque matin, des files de New-Yorkais entrent dans une banque du centre dès l'ouverture. Le bon peuple s'y rend avant d'aller travailler, pour retirer un peu d'argent, en déposer, râler contre des frais. Ils sont de tous horizons. Hommes, femmes, enfants. Riches, classes moyennes, ric-rac de la fin de mois. Un brassage culturel et financier. Aucun d'eux ne soupçonne ce qui se prépare.

De l'autre côté de la rue est garée une camionnette. À l'intérieur, six hommes attendent. Habillés de mauvaises intentions. Armés. Prêts.

Trois d'entre eux sont les frères Mashburn. Ils sont assis d'un côté. Il y a Dutch, l'aîné, doté à la fois de l'expérience et d'une foutue méchanceté. Le deuxième frère, Ferris, est un esprit vif – froid et tranchant comme une lame de glace. Le plus jeune, un cinglé sec et nerveux, porte le nom de Chicken Wing.

Les trois autres sont des complices rémunérés ou des acolytes de la fratrie. Deux sont assis contre l'autre bord de la sinistre camionnette sans fenêtre. Jeunes délinquants standard. Un voyou stylé, du nom de Bobby Balls, et une saloperie de petite tête brûlée qu'on appelle Country.

Leurs véritables noms échappent à Remo sur le moment.

Le dernier membre de la bande est le chauffeur : Lester, criminel endurci en fin de carrière qui n'a jamais gravi les échelons. Il semble mal à l'aise.

Indécis.

Embarrassé.

Dutch, incontestablement le meneur, hoche la tête. C'est le signal. Dutch est rodé au métier, il a établi des règles simples pour les braquages.

Règle numéro 1 : il ne voit pas l'utilité de faire dans le créatif en s'affublant de masques de présidents morts, ou le genre de conneries qu'on voit dans les films. Soyez banals, ne donnez rien d'original aux flics, rien qu'ils pourraient se mettre sous la dent. Hmm… ce genre de masques, ça court pas les rues. Où peut-on en acheter ? Bon. Vérifiez toutes les boutiques susceptibles d'en vendre, récupérez leurs vidéos de sécurité et recoupez-les avec les tickets de caisse pour les jours où ces masques ont été vendus. N'importe quel couillon qui aurait maté cinq minutes d'un épisode de *New York, police judiciaire* parmi la dizaine diffusés hier soir penserait à ça. Couvrez-vous la gueule avec un truc ordinaire.

L'équipe enfile des cagoules de ski noires classiques.

Règle numéro 2 : n'utilisez pas d'armes semi-automatiques quand vous faites une banque. Ni aucune autre qui crache des indices comme un distributeur Pez. Toutes ces douilles qui rebondissent sur le sol, ça claque sur grand écran. Les Glock qui dézinguent à tout va, les bastos qui volent au ralenti. Mais dans la vraie vie – le monde de Dutch –, ça crée juste des indices supplémentaires que les flics peuvent ranger dans un sachet et faire parler.

Les .357 ne laissent pas de douilles.

Vous me direz : "Et s'il faut davantage de balles ? On doit recharger à l'ancienne, façon Far West ?" S'il vous faut plus de cinq gars avec sept cartouches par tête pour braquer une banque, vous méritez pas votre part du butin, allez sucer des bites. Maintenant, si les flics rappliquent, c'est autre chose.

C'est à ça que servent les Kalach dans leur dos.

Règle numéro 3 : en cas d'urgence, servez-vous des Kalach.

L'équipe prépare les armes. Rien que des Magnum .357 finition en nickel à crosse en caoutchouc. Kalach accrochées dans le dos.

Ah, oui, et règle numéro 4 : les témoins sont logés à la même enseigne que les douilles. Les flics ne doivent pas pouvoir les faire parler.

Les portières de la camionnette s'ouvrent à la volée et l'équipe masquée en descend, armée jusqu'aux dents. L'un des braqueurs bouscule un passant innocent en se dirigeant vers les portes.

Les cinq hommes débarquent dans la banque tels des cowboys surgis des enfers.

Une pétarade ininterrompue de coups de feu résonne à l'intérieur. Des cris s'élèvent derrière les portes fermées. Dans la rue, les passants se dispersent en tout sens.

Assis derrière le volant, Lester observe la scène. Il baisse les yeux, comme si chaque détonation le blessait physiquement. Caresse une petite croix pendue à son cou. Tout ça l'horripile sans qu'il sache pourquoi. Il s'oblige à prendre sur lui. Ce n'est pas comme s'il n'avait jamais côtoyé le meurtre, ni même tué des gens, dans sa vie. Dieu sait qu'il l'a fait. Mais aujourd'hui, pour une raison qu'il ignore, le martèlement des détonations et leurs conséquences évidentes lui sont presque insupportables.

Un dernier coup de feu à vous faire vibrer les os retentit dans la banque.

REMO accélère le rythme pour achever son récit intercoïtal.

— Seize morts. Trois millions deux envolés. Tout ça en deux minutes et onze secondes.

DANS un champ agricole juste au nord de Trou-du-cul-du-monde-ville, États-Unis d'Amérique, les participants du braquage creusent un large trou pour planquer le cash. Entassent de gros sacs de liasses. La terre retombe par-dessus. Dutch se fait une autre réflexion – peut-être bien la règle numéro 5. Ne pas se faire choper avec le fric. La bande en question n'est pas une clique criminelle internationale de sex-symbols sortis d'un studio des Warner Brothers. Ils n'esquivent pas les capteurs laser et n'ont pas les moyens de blanchir une telle quantité de blé dans la journée qui suit le braquage. Ils doivent la placer en lieu sûr, le temps que la pression retombe un peu. Les premières quarante-huit heures sont les plus chaudes, mais après quelques jours, on peut récupérer son argent et reprendre le cours de sa vie normale. Si vous vous faites pincer avec un sac de fric à la main, eh bien, disons que vos options sont quelque peu réduites.

L'équipe part ensuite se terrer dans une minuscule bicoque dégueulasse au cœur des montagnes du Nouveau-Mexique, où ils vivent comme des putains d'amish en période de vache maigre. Ils tiennent un jour, deux max, avant qu'un essaim de flics débarque sans s'annoncer. La cabane se retrouve bientôt cernée par les policiers, et ils ne sont pas d'humeur à déconner.

Dutch soulève un pan du tissu qui fait office de rideau. Comme s'il avait pressé un interrupteur, son geste déclenche une fusillade tous azimuts. Fusils et pistolets transforment la bâtisse branlante en passoire.

Les balles fusent en tout sens.

Ça balance et ça réplique comme une engueulade balistique.

Le feu prend, l'incendie s'étend à toute la cabane. La police maintient la pression. Dutch et le chauffeur, Lester, sortent en trombe par la porte, suivis d'un flot de flammes et de fumée.

La cabane s'embrase comme un journal imbibé d'essence.

Les flics fondent sur Dutch et Lester. Dutch se retourne vers la cabane en flammes, un rictus complice sur les lèvres.

Remo enchaîne au milieu d'un coup de reins :

— La plupart des braqueurs meurent dans l'incendie, y compris deux des frères Mashburn.

Leslie allume une lumière, une de ces lampes de banquier, abat-jour vert.

Son visage sort de l'ombre tandis qu'elle va et vient en rythme. Une poignée d'habits retirés à la hâte et de bouteilles d'alcool vides jonchent le sol du bureau. La belle intellectuelle trentenaire lève les yeux vers Remo, totalement médusée. Il la fixe. Quoi ?

Remo est plus vieux que Leslie, de près de dix ans, mais c'est un sacré beau gosse, doté d'un charme de jeune barman qui l'a bien servi toutes ces années. Comme on l'a dit, Leslie se tape des glands, et Remo colle parfaitement au profil. Rien de tout ça ne la dérange sur le moment. Vraiment, c'est le cadet de ses soucis.

Le problème, ce n'est pas qu'il ne l'ait pas fermée un instant. Bien sûr, elle aurait préféré des mots cochons ou rien du tout, mais ce n'est pas ce qui la gêne.

Ce n'est même pas le fait qu'elle soit la substitut du procureur chargée de poursuivre ces mêmes braqueurs dont Remo lui rebat les oreilles.

Ce qui dérange Leslie à propos de tout cela, ce qui jette vraiment un grain de sable dans ce festival de voluptés en puissance, c'est que Remo est l'un des plus éminents avocats de la défense de New York. Pardon, LE plus éminent avocat de la défense de New York. Et cette équipe de braqueurs – les frères Mashburn, Lester et les autres – sont…

Ses putains de clients.

2

— ARRÊTE, dit Leslie.

Remo s'explique.

— Le calcul est simple.

— Tu veux bien arrêter ?

— C'est une très grosse affaire. J'ai une boîte de preuves pleine à craquer. Tu peux les mettre à l'ombre pour perpète.

— Quoi ?

— Comment ça, quoi ?

— Si je comprends bien, tu es en train d'admettre que tes clients sont coupables, alors même qu'on est en train de coucher ensemble.

— Tu trouves ça bizarre ?

Leslie descend du bureau et renfile une partie de ses habits jetés en boule sur le sol. Sa confusion est seulement surpassée par son amertume.

— J'y crois pas. Pauvre con.

Dans un état d'ébriété manifeste, Remo titube pour tenter de retrouver son pantalon, et s'étale sur le parquet en bois dur, s'accrochant aux rideaux qui s'ouvrent en grand. C'est le milieu de la journée et le soleil inonde la pièce. La baie vitrée dévoile une vue imprenable sur Manhattan.

Leslie veut se barrer, et vite. Elle essaie de comprendre la situation dans laquelle elle se trouve. Une situation estampillée Remo.

— Putain, je suis la substitut du procureur, et tu es en train de m'expliquer comment foutre tes clients en prison à vie ?

Remo se déplace nonchalamment jusqu'au minibar, se verse un verre de Johnnie Walker Blue Label – une bonne dose. Décoche à Leslie son fichu sourire. Elle réplique avec sa dernière once de dignité :

— Va te faire foutre, Remo. Mon équipe et moi allons gagner ce procès… dans les règles.

— Hautement improbable.

Elle se défendrait bien, mais il a raison. Merde.

Remo avale une bonne gorgée d'alcool, puis tire une boîte de sous son bureau. Elle est remplie. Le truc ne se ferme même plus, chemises et photos glissant presque sur les côtés. Un geyser débordant et dégueulant de preuves. Les yeux de Leslie manquent de sortir de leurs orbites.

— Je ne peux pas la prendre.

— Elle n'est pas très lourde.

— Remo. Je ne peux pas accepter cette boîte.

— Leslie, ton équipe est un ramassis de bras cassés.

Elle ne parvient pas à croire qu'il ait dit ça. Mais elle sait qu'il a raison.

— Vous allez vous planter, renchérit-il. Vois la chose sous cet angle : tu rends le monde meilleur, et tu prends quelques orgasmes au passage. On peut difficilement faire plus Kennedy.

— De quels orgasmes tu parles ?

— J'ai cru voir tes sourcils frémir.

— Pourquoi tu fais ça ?

Remo gobe un comprimé. Ritaline. Savoir combiner alcool et cachet représente un véritable exercice d'orfèvre, mais Remo est passé maître à ce dosage. Il le fait descendre d'une gorgée de Johnnie Blue. Se ressert. Il préfère ne pas divulguer ses raisons.

Leslie est au courant des rumeurs. Remo a connu quelques soucis, pour le dire poliment. Sa femme serait partie en emmenant son gosse. Quelqu'un en avait parlé au cours d'un déjeuner, mais elle ne se souvient plus des détails. Une de ces histoires auxquelles on répond d'un ton de commisération forcée : “Oh, c’est affreux”, ou “Mince alors, c’est dur. Il tient le coup ?” Ce genre de baratin.

Le même que Leslie offre maintenant à Remo, croyant savoir de quoi il retourne.

— Tu traverses une mauvaise passe.

Remo accorde peu de considération à son effort. Il conteste :

— Je vis un véritable rêve.

— Allez, ça va, même une ruine émotionnelle comme toi est bien forcé de l’admettre. Tout le monde est au courant. La bouteille, les cachetons, Dieu sait quoi d’autre… et maintenant, tu te mets à saboter tes affaires. Au mieux, je trouve ta démarche suspecte. (Remo reste de marbre. Leslie tente d’aller chercher en lui un reste d’humanité.) Ta femme t’a dit bye-bye. Et ton fils ? Est-ce que tu le connais seulement ?

— Ça… ça n’a rien à voir avec… avec le sujet.

À présent, la pensée ne le quitte plus, parce qu’elle a au contraire tout à voir avec le sujet. Il recentre la discussion ; c’est comme ça qu’il gagne sa vie après tout, bordel de merde.

— Tu te tapes l’avocat de la défense, je t’offre le procès sur un plateau, et tu me traites de pauvre con. Merde, c’est carrément malpoli.

Leslie continue de s’habiller. Remo continue de boire et de parler.

— Les gens sains connaissent généralement un moment de lucidité cathartique. Ils arrêtent les médocs et la bouteille. (Remo considère l’idée un instant.) C’est moche à dire. (Il pousse la boîte vers elle.) Je ne te le proposerai pas deux fois.

Leslie réfléchit, puis demande juste :

— Et le fric ?

— La vache. Même les putes ne sont pas aussi directes.

— Non, connard, l’argent de la banque. Les trois millions deux du butin.

— Oh, je l’ai déterré.

— Quoi ?

Remo hausse les épaules.

— Et tu comptes le rendre ?
— Je l'ai plus.
— Où il est passé ?
— Tu connais cette fondation pour les familles de victimes de braquages de banque ?
Leslie fait oui de la tête.
— Je le leur ai donné.
— Quoi ?
— Merde, tu sais que la ville offre une bonne assurance santé ? Non, parce que tu as de sérieux problèmes d'audition.
— Ne te fous pas de ma gueule, Remo. Dans quel casier de quelle gare l'as-tu planqué ?
— Je. Ne. L'ai. Pas. Je l'ai donné à une bonne cause. C'est si difficile à croire ?
Leslie plonge son regard en lui. En effet, oui, il est extrêmement difficile de croire qu'un gars comme lui connaisse la marche à suivre. On pourrait lui coller dans les bras un sac rempli de vieux vêtements et de chaussures usées et le déposer devant la porte de l'Armée du Salut du coin de la rue qu'il serait infoutu de savoir quoi faire.
Remo reprend :
— Emporte cette boîte. Sers-t'en pour gagner le procès. Et on t'attribuera un meilleur poste. Ou sinon tu peux courir le risque d'être étiquetée comme la substitut qui a cherché à troquer son cul contre un verdict de culpabilité.
Les yeux de Leslie lancent des éclairs tandis qu'elle affronte les pensées qui s'agitent sous son crâne. Est-ce qu'il dit vrai ? Oui. A-t-elle le choix ? Oui. Mais le bon, c'est-à-dire ne pas prendre la boîte, ne la mènera nulle part. Putain. Finalement, comme d'habitude, c'est le mauvais chemin qui l'emporte. Elle prend la boîte en se dirigeant vers la porte.
— Tu es un connard absolu. Merci pour le verdict en boîte et pour la partie de baise foireuse.
Remo l'arrête, son visage reflétant à présent une dose étonnante, presque alarmante, de sincérité. Fini la fanfaronnade, balayé les salades.

— Promets-moi que ces monstres ne pourront jamais recommencer.

Leslie remarque le revirement de ton à cent quatre-vingts degrés, le changement dans sa gestuelle corporelle, elle ne peut s'empêcher d'être touchée. Voilà donc l'homme qui l'a mise dans son lit… enfin sur son bureau, techniquement. Un homme doté d'un cœur, et qui sait, peut-être – Dieu l'en préserve –, d'une âme. Elle comprend qu'il existe une véritable raison derrière son geste. Elle espère qu'elle est louable. Qu'il n'a pas juste volé le fric pour le claquer entre coke et putes.

En fait, elle sait que la cocaïne et les nichons refaits constituent exactement la destination de ce paquet de fric souillé de sang, mais pour le moment, à cet instant précis, elle veut croire que Remo est meilleur que cela.

La petite fille pleine d'espoir et idéaliste en elle ne peut s'empêcher de répondre :

— Promis.

PASSENT quelques années de merde…

3

Le plan?

Il est simple.

Tuer une tripotée d'enfoirés et sauver un connard.

C'est là la stratégie d'un dénommé Lester Ellis, ex-criminel, ex-chauffeur, actuellement homme du Seigneur. Le CV de Lester, s'il ressentait un jour le besoin d'en rédiger un, indiquerait à peu près ceci:

Juillet 1968 à février 2012: voleur et meurtrier. Esprit d'équipe. Travailleur individuel. Polyvalent. Méthode Zéro défaut.

Février 2012 jusqu'à aujourd'hui: serviteur de Dieu. Six mois d'expérience. (Mais six mois ferme, espèce de langue de pute.)

Lester: traits burinés, aguerri, petits yeux troubles, usé par des années de mauvaises actions. Seul sur une route déserte à quelque cinquante bornes au nord de New York, entouré de pas grand-chose. Derrière lui se découpent les contours bien reconnaissables d'un complexe tentaculaire de vingt-deux hectares posé sur la rive est de l'Hudson, que la plupart des gens connaissent sous le nom de Sing Sing, prison haute sécurité.

Son corps est un conflit ambulant de philosophies personnelles. Ses tatouages révèlent un homme pétri de confusion, ou tout au moins de contradictions. Sur un côté de son cou, une swastika; sur l'autre, un clown triste. Une grande croix avec Jésus cloué dessus dessinée à la va-vite s'étale sur son dos, entre les omoplates. "Fuck U" sur une épaule. Et la cerise sur le gâteau? Une inscription en lettres brutes style bleu prison sur la partie charnue de sa paume droite : “La Main Droite de Dieu”.

Il transporte peu de possessions dans ses mains épaisses, à l’exception de son précieux cigare, qui tombe presque en morceaux, d’un sac plastique contenant un rouleau de ruban adhésif résistant, et d’une bible. Le gardien derrière le comptoir de sortie avait trouvé bizarre que Lester réclame du ruban adhésif. Lester avait montré les trous dans ses bottes. En quoi ça le regardait, le maton ? Lester rajuste le rapiéçage grossier de scotch gris qui maintient sa chaussure en un seul morceau.

Ses doigts se promènent le long de sa bible, caressants. Il ne s’agit pas d’une bible à deux sous comme on en trouve dans les motels bas de gamme. Celle-ci pèse son poids, avec une reliure costaude conçue pour résister au temps et une couverture en cuir ornée de dorures, destinées à protéger les paroles du Seigneur.

Ses pensées se bousculent. Il songe à la vie qu’il a menée. À celle qu’il compte mener. À la manière dont il va trouver son salut pour le mal qu’il a fait, si tant est que cela soit possible. Peut-on obtenir le pardon quand on a tué ? Volé ? Démembré ? Le sang que Lester a versé durant sa vie remplirait une piscine olympique. L’argent qu’il en a tiré remplirait une seringue… et l’a remplie d’ailleurs. Peut-on laver tous les torts commis simplement en laissant entrer le Seigneur ? En accomplissant une ou deux bonnes œuvres ? Peut-on pardonner ce genre de saloperies ?

La Bible dit que oui. L’aumônier à Sing Sing dit que oui. Autant tenter le coup, qu’est-ce qu’il peut faire d’autre ? Retomber dans cette vie ? Dans les merdes qui l’ont foutu au trou pendant le plus clair de sa vie, et qui l’ont éloigné toujours plus du Seigneur ? Ça risque pas d’arriver, putain. Lester voit là un nouveau jour, un nouveau chemin. Un chemin qui le délivrera du mal… même s’il doit pour cela infliger un soupçon de mal au passage.

Lester serre ses paupières tandis qu’il marmonne quelques paroles sacrées entre ses dents.

Ouvre les yeux.

Voilà. Il est prêt.

Un Klaxon retentit, tirant Lester de son moment d'introspection. Il plisse les yeux pour vérifier que le véhicule qui soulève un nuage de poussière se dirige bien vers lui.

Ouais. C'est bien son carrosse.

Un Escalade noir quelque peu fatigué – un moyen de transport chic pour criminels il y a encore quelques années. Celui-là est cabossé par endroits, le capot percé de quatre impacts de balles caractéristiques. La voiture s'arrête brusquement et la vitre électrique s'abaisse pour dévoiler le chauffeur : Bobby Balls, le même que dans l'histoire de Remo.

Mais contrairement à la version de Remo, celui-ci est tout ce qu'il y a de plus vivant.

Bobby Balls salue Lester d'un large sourire.

— Prêt, mon joli ?

Lester vérifie qui est assis à l'arrière, identifie deux autres criminels. Le plus jeune, une saloperie de petite tête brûlée qui n'attend qu'une occasion pour vous montrer à quel point il est dur, répond au nom de Country.

De l'autre côté est installé un homme froid et tranchant comme une lame de glace, doté d'un regard perçant qui ferait pisser de peur un pit-bull. Le genre d'homme qui prend plaisir à envisager de faire souffrir un con, plutôt que d'en souffrir un à ses côtés. Un homme qui a passé sa vie à ignorer le remords. Son nom : Ferris Mashburn.

Eh ouais, tous les trois sont tout ce qu'il y a de plus vivants.

Lester jauge du regard les occupants de la voiture et se dirige vers la portière passager. Il balance le cigare, serre le sac plastique dans sa main, la bible dans l'autre. Tout en levant les yeux vers le ciel et en inspirant une grande bouffée d'air frais, il murmure encore quelques paroles silencieuses puis prend place dans le véhicule.

Ferris commence.

— On est bons ?

Lester opine du chef tout en promenant son doigt sur sa bible.

— Putain, tu m'étonnes qu'on est bons, lance Country. Cet enculé est aussi mort que Dillinger.

Aucune réaction de Ferris, si ce n'est un regard glaçant.

— Personne touche à l'avocat tant que Dutch s'est pas fait la malle. (Coup d'œil à Country à côté de lui sur le siège arrière.) Pigé ?

— Mais pourquoi bordel ? demande Country.

— Parce que c'est ce que Dutch a dit…

— Quel con !

— … et donc, c'est comme ça qu'on va procéder. Et surtout, c'est comme ça qu'un crétin de sous-homme dans ton genre va procéder. C'est assez clair ?

Lester sort lentement le rouleau de scotch du sac. Personne ne le remarque.

Country dit :

— Je sais que M. Dutch veut être celui qui butera cet enfoiré, mais il est à l'ombre alors qu'on est dehors. On est libres, putain, et moi j'en ai plein le cul de me planquer. C'est nul. Y a Chicken Wing qui file l'avocat en ce moment, il l'a à l'œil, il attend juste le feu vert. On y va, on fait sauter la cervelle de ce fumier de ténor de mes deux, on récupère notre fric et on met les voiles dès que Dutch nous aura rejoints. C'est tout con si tu veux mon avis, y a…

Ferris fait taire Country avant qu'il puisse terminer sa phrase. Son regard glaçant et ses doigts serrés autour du larynx de Country coupent court au débat. Ils roulent en silence, toute la tension siphonnée et retenue en otage par Ferris.

— On se planque, c'est exact. L'autre chose exacte, ce qui te passe au-dessus de la tête, c'est qu'on attend le bon moment. Et ce moment est enfin arrivé. Aujourd'hui.

Country émet un son guttural en guise de oui.

Ferris tourne son regard vers Lester.

— T'es bien silencieux, ducon.

Lester caresse sa bible.

Country continue de se tortiller et d'essayer de respirer.

— Paraît que Lester a trouvé Jésus, lance Bobby Balls.

— C'est vrai, répond Lester.

Lester tourne son regard vers la campagne au-dehors, mais ce n'est pas la vue qui l'intéresse. Il cherche quelque chose en particulier. Posant sa bible à côté de lui et le sac en plastique par-dessus, il commence à décoller un petit morceau d'adhésif du rouleau. Tire aussi discrètement que possible. Personne ne le remarque… excepté Ferris, dont les yeux se posent à présent sur la nuque de Lester.

Country est à deux doigts d'y passer. Ferris desserre sa poigne quasi-meurtrière. Country se recroqueville dans un coin de la banquette. Reprend la place qui est la sienne.

Bobby Balls enchaîne :

— Dis-moi, pourquoi vous trouvez toujours tous Dieu en taule ? C'est pour vous accrocher à un truc ? Ou c'est une question d'espoir ? L'espoir qu'un mec perché dans les nuages va vous aider comme par magie quand vous serez en train de vous prendre cinq queues noires dans les douches ?

Country ricane tandis que le sang se remet à circuler en lui.

— Il y a de ça j'imagine, répond Lester, le regard balayant toujours le monde extérieur.

Sans détourner les yeux de la vitre, il a pris le sac en plastique dans une main et y a attaché le morceau de chatterton décollé du rouleau. Il a un doigt passé dans le rouleau, comme pour tirer, et le sac prêt dans l'autre.

— Sans déconner, c'est vrai quoi, quand ils te disent "J'ai trouvé Jésus"… ça veut dire quoi cette connerie ?

Ferris continue de fixer Lester.

Lester continue de fixer la route.

Country continue de ricaner.

— Il va t'aider comment, Jésus ? Je veux dire, une fois que tu l'as trouvé…

Bobby Balls s'amuse énormément de ses propres questions.

Le regard de Lester s'arrête derrière le pare-brise. Il a trouvé ce qu'il cherchait.

— Allez, mec, je te charrie. Mais en vrai, vous comptez faire quoi, toi et Jésus ?

Lester se fend d'un très léger sourire tandis qu'il livre sa réponse :

— Tuer une tripotée d'enfoirés et sauver un connard.

Tout le monde à l'exception de Lester est sur le cul.

Moment de silence absolu, suspendu.

Le sac en plastique tombe sur la tête de Bobby Balls. Dans un même mouvement, Lester passe le scotch autour du cou de Bobby – deux tours, trois –, scellant hermétiquement le sac. Les mots "Main Droite de Dieu" s'étirent sur sa paume tandis qu'il déroule le scotch. Le rouleau sautille contre le cou de Bobby tandis que celui-ci se débat pour respirer, le plastique se collant et se décollant au rythme de sa panique. Glauque, et totalement dénué de compassion comme détail, mais ça donne un beat sympa qui vous fait taper du pied.

— Putain ? s'écrie Country en plongeant entre les sièges, 9 mm en main.

Au même moment, Lester empoigne le volant et braque brusquement vers une rangée d'arbres sur le bas-côté.

L'Escalade en percute un de plein fouet, collision brutale entre écorce et acier. Country décolle de la banquette arrière et, tel un javelot à faible QI, traverse le pare-brise tête la première – nez pour être exact – dans un bruit d'os broyés et d'épine dorsale brisée, laissant un cadavre au visage en bouillie.

Les airbags s'ouvrent une fraction de seconde après que le corps sans vie de Country a traversé le pare-brise. Ferris est ramené contre son siège par sa ceinture de sécurité, tout comme Lester. Les événements s'enchaînent en seulement quelques secondes. Un mort. Un mourant. Deux survivants prêts à s'entretuer.

L'Escalade ricoche contre l'arbre et achève sa course dans un dérapage. Des liquides pissent de sous le capot. Le pare-brise se fendille, incrusté de morceaux du visage de Country et des cheveux de Country. Bobby Balls lâche quelques derniers spasmes d'agonie.

Le pauvre connard s'accroche à la vie. Dieu lui vienne en aide.

Ferris sort son .357, tire deux coups de feu sur Lester. Les balles terminent dans l'airbag tandis que Lester décroche sa ceinture et dégringole par la portière.

L'air s'emplit du silence angoissant qui suit un accident de voiture. Cette libération brutale et soudaine d'énergie en une fraction de seconde, qui vous laisse avec un amas de dévastation et de séquelles permanentes. Certes, la plupart des accidents de voiture ne sont pas causés par un fou de Jésus fraîchement sorti de prison étouffant le conducteur avec un sac plastique, mais le résultat ne diffère pas beaucoup de ceux provoqués par une mère de famille grillant un feu parce qu'elle discutait de ses nouvelles chaussures au téléphone – c'est une galère indésirable.

Ferris sort en titubant, son .357 cherchant sa cible tandis qu'il contourne le véhicule par l'arrière. Les jambes en coton, encore en état de choc, il s'efforce de reprendre ses esprits quand son visage rencontre la solide reliure de la bible de Lester, avec un bruit mat et assourdi. Sa vision se constelle de taches de lumière blanches. Ça ne dure qu'un moment, mais c'est assez pour que Lester se relève et lui décoche un direct. Ferris tombe dans la poussière. Les deux hommes s'empoignent comme deux chacals se disputant le dernier morceau de viande. Aucune élégancc. Aucune chorégraphie. Deux malfrats se foutant sur la gueule dans un combat à mort.

Un Toyota 4-Runner rempli de collégiens arrive. Le chauffeur, un hipster barbu, sort la tête par la vitre.

— Tout le monde va bien ?

Lester lève la tête, le .357 arraché à Ferris dans sa main. Ferris se redresse brusquement et saute par-dessus le capot. Lester ouvre le feu et crible de balles le capot du 4 x 4, manquant de peu Ferris qui prend la fuite dans les bois.

Morts de trouille, les mômes dans le 4-Runner tracent dans un concert de cris terrifiants et terrifiés. Lester baisse son arme, un brin chiffonné que Ferris lui ait échappé. Bobby Balls dégringole du siège conducteur, continuant à s'accrocher à la vie. Le pauvre bougre a réussi à retirer le sac et s'éloigne en rampant. Lester lui loge deux balles dans le corps.

Son esprit retourne alors au second point de son plan.

Ah oui, il était question d'un connard à sauver.

4

— ESPÈCE de connard, aboie M. Crow. Vous avez écouté ce que j'ai dit ?

Crow, délinquant nanti et propre sur lui, est assis face à Remo Cobb, son avocat grassement rémunéré. Pas un cheveu qui dépasse, costume impeccable. Montre qui coûte plus cher que votre voiture.

Remo lui accorde le plus bref des regards.

— Je suis tout ouïe.

Ce n'est pas tout à fait vrai ; Remo est préoccupé. Il s'efforce de faire rebondir un comprimé sur la table pour qu'il atterrisse dans un verre de scotch à moitié plein positionné entre lui et Crow. Une amusante partie de jeu à boire pharmaceutique. L'agacement de Crow grandit à chaque Ritaline qui saute.

— Si cette pute avait fait les choses comme il faut, on n'en serait pas là aujourd'hui.

— Vous voulez dire que vous vous seriez arrêté juste avant de lui écraser la trachée ?

— Les choses ont dérapé. Elle a dérapé. J'étais dans... Disons que j'étais dans un mauvais jour. Tout d'un coup elle a arrêté de respirer.

Les deux hommes sont entourés de murs à moquette et d'ouvrages juridiques à reliure de cuir, de chêne et de laiton poli. Un espace de réunion à l'intérieur du cabinet juridique new-yorkais le plus prestigieux que puissent offrir des gains mal acquis. Le même bureau où se trouvaient Remo et Leslie, la substitut du procureur. Il y est toujours question de baise, mais l'entretien n'a aucun lien avec le précédent.

— C'est vrai, je l'ai fait. Je l'avoue. Mais elle m'y a poussé. Elle a sorti un couteau, bon Dieu.

— Merde.

La réaction de Remo n'a rien à voir avec le récit de Crow. Il vient à nouveau de rater le fichu verre.

L'agacement de Crow monte encore d'un cran quand un comprimé rebondit devant son visage.

— J'ai disjoncté. Et quand je suis revenu à moi, elle ne respirait plus.

Remo met de nouveau à côté.

— Enculé.

— Dites, ça vous ennuie ce que je raconte ? demande Crow.

Remo lève les yeux. C'est lui, maintenant, qui s'agace des interruptions intempestives de son client.

— Oui ? Non ? insiste Crow.

Remo est loin d'être aussi présentable que son client. Costume dégueulasse. Les yeux comme deux trous d'aiguille rougeâtres. Fut un temps où il était bel homme, aujourd'hui, on le croirait tout juste rentré d'une beuverie de plusieurs années.

Crow, qui jusqu'ici était complètement concentré sur son pépin de pute morte, réalise tout à coup que ce connard d'avocat qu'il paie une blinde ne prête pas la moindre attention à son tourment. Et du point de vue de Crow, il s'agit d'un sacré bon Dieu de tourment.

— Ça vous ferait chier d'accorder un minimum d'attention à ce que je raconte, espèce de connard ?

Remo fait sauter un comprimé qui retombe avec un *plop* dans le verre de Johnnie Walker. Il jette ses bras en l'air, comme s'il venait de rentrer un panier sur le buzzer en finale d'un championnat national de basket, puis lève un doigt pour faire taire un Crow désormais rouge de colère, avant qu'il ne puisse déchaîner contre lui un bombardement de jurons bien sentis. Remo s'envoie le verre et le comprimé qui y nage.

Difficile de dire si Remo éprouve davantage de mépris pour son job, pour la vie ou pour Crow. Le silence envahit la pièce.

Les deux hommes se dévisagent tels deux lutteurs tournant sur le ring, jaugeant de quelle manière ils vont mettre l'autre en pièces. Crow déteste le fait qu'il ait besoin de Remo, presque autant que Remo déteste le fait qu'il ait besoin de Crow. Crow se retient d'exploser, compose un sourire et décide de briser son avocat en usant d'une autre méthode. La vérité.

— Putain de merde, Remo Cobb !

— Présent.

— Tout droit sorti de Cut and Shoot, Texas.

— Super ville. Vous y feriez un malheur.

— Le papa, mort après une partie de cartes dans un tripot clandestin. La maman… personne ne sait. Vous êtes un véritable air de country sur pattes.

Remo prend une gorgée de scotch et répond :

— C'est ce qui se dit.

— Vous vous êtes fait un nom au Texas à coup de petites affaires. Puis vous avez attiré l'attention d'un cabinet de poids lourds de New York. Vous avez fait acquitter un gang de motards ou une connerie de ce genre, non ? Ça a pas dû être simple de masquer votre accent de demeuré du Texas pour interroger ces gros cons de fils à papa juifs. (Crow marque une pause dramatique, par jeu.) En chemin, vous avez même réussi à perdre femme et enfant.

La remarque sur sa famille touche Remo au plus profond. Il balaie la vacherie, la fait descendre, la noie. Se rince la bouche avec une dose de Johnnie Blue. Fixant Crow dans le blanc des yeux, il absorbe le flot de vérité implacable et de méchanceté gratuite que Crow débite.

— Ce parcours semé d'embûches a fait de vous l'homme que vous êtes aujourd'hui, autrement dit un connard de bouseux de premier choix certifié pure souche.

Remo en a assez entendu.

— Le corps a disparu ?

— Le corps ?

— La fille ? Son corps ? La coquille qui renfermait son âme. Vous vous souvenez ? Celle que vous avez assassinée de vos propres mains. Ah oui, non, pardon : celle qui a "arrêté" de respirer. Occupons-nous d'abord de votre fâcheuse tendance au meurtre et faisons abstraction des éventuelles personnes qui pourraient se soucier de ces filles.

— C'est pas mon premier rodéo, ricane Crow.

Remo se verse un autre verre.

Crow, un brin offensé :

— Vous ne m'en offrez pas un ?

— Vous ne devriez pas boire.

— Et vous, si ?

— Absolument.

— Vous pouvez vous charger de mon cas ou pas ?

— Oui.

— Oui ?

Ça lui fait mal au bide, mais Remo répond :

— Je peux apaiser votre esprit tourmenté et soulager votre cœur lourd.

— Allez vous faire foutre, Remo.

Remo repose brutalement le verre vide.

— Merci de la suggestion.

Chaque mot que Crow a prononcé était exact. Mais pourquoi faut-il donc que la vérité sorte de la bouche d'un être aussi méprisable ? De ce salopard ? Remo ne va pas chez le psy. Il devrait pourtant – Dieu sait qu'il devrait –, mais il n'y va pas. N'en voit pas l'intérêt, n'y croit pas, hors de question qu'il y foute les pieds. Cela dit, ses émotions et ses pensées profondes – certains parleraient de démons – semblent remonter à la surface chaque fois qu'il discute avec ces rebuts de la société.

Devrais-je m'allonger sur un divan pour m'entretenir avec mes clients ?

Remo connaît la vérité sur sa vie. Il l'a vécue. C'est précisément la raison pour laquelle il boit et s'envoie ces comprimés.

Ben oui, putain.

Ça n'a rien d'un mystère cosmique surnaturel.

Il n'est pas Bigfoot, non plus.

Malheureusement, l'abus de substances ne fait pas disparaître les souvenirs d'hier, pas plus que les vérités d'aujourd'hui ou les démons de toute une vie. Ça viendra peut-être avec le temps, mais à supposer qu'il fasse de vieux os et qu'il finisse par oublier son passé, à quoi bon, putain ? C'est aujourd'hui qu'il en chie. Son présent est un bordel sans nom. Et puis, si son comportement actuel peut amputer sa vie de toutes ces années de merde qui l'attendent, qu'il en soit ainsi.

Remo connaît sa vie. Il ne la déteste pas nécessairement. Ne l'aime pas particulièrement non plus. C'est comme ça. C'est bien ce que les gens répondent, non, quand ils ne peuvent pas, ou ne veulent pas expliquer un élément dans leur vie ?

Toutes ces réflexions alimentent le feu d'artifice synaptique qui explose sous son crâne tandis qu'il arpente la ville d'un pas trébuchant, traversant les foules, et les heures qui se fondent et se brouillent jusqu'à l'entraîner à Gramercy Park. Il observe les enfants qui s'amusent, courent comme des bolides, une armée de mômes sans l'ombre d'un souci au monde. Des chiens qu'on course et qui coursent à leur tour. Mamans et nounous veillant au grain. Assis à distance raisonnable, à l'abri des regards, Remo observe ; toujours affublé de son costume hors de prix froissé qui tombe de ses épaules comme sur un squelette de porte-manteau.

De la poche de son manteau il sort une petite paire de jumelles, qu'il garde là en cas de besoin. Commence à espionner les enfants. Ou plutôt, espionne un enfant et sa mère en particulier. Le garçonnet est âgé de trois ans et s'appelle Sean ; la femme est splendide et se nomme Anna.

Remo n'est pas un pervers. Il cumule une longue liste de défauts répugnants, mais la perversion sexuelle n'y figure pas. Du moins pas celle qui pousse un type à se rendre dans un parc pour reluquer les petits garçons. Bon Dieu, dans quel monde détraqué vit-on, pour qu'il faille préciser ce genre de chose ?

C'est comme ça.

Remo connaît Anna et Sean. Il tient à eux.

Anna prend Sean dans ses bras et le fait tournoyer. Parler simplement de bonheur serait loin du compte.

Il regarde encore un moment. Difficile de comprendre ce qu'il veut. Il pose les jumelles. Et tout à coup ses traits se ternissent sous un voile de tristesse et de regret. Il aimerait tant être à leur côté.

Pas le temps pour ces conneries – ce ramassis de sentiments et d'élucubrations qu'on vous sert à tous les coins de rue. Remo s'allume une pipe de hasch pour essayer de s'éclaircir les idées, laisse la fumée rouler dans ses poumons puis ressortir. Purger son organisme.

Une mère promenant son petit berlingot de bonheur dans une poussette tout-terrain passe tout près de Remo. Il est quasiment affalé sur l'herbe à présent. La femme s'arrête, le toise d'un œil franchement désapprobateur. Il y a quelque chose qui ne va pas dans cette ville. Elle se rapproche pour qu'il la remarque, certaine que ce seul regard de mépris forcera cet homme grossier à se plier aux règles du savoir-vivre.

Roulant sur lui-même, Remo remarque la femme, et son regard.

— Je vous emmerde, ma bonne dame.

Remo arrive dans son appartement, allumant les lumières sur un somptueux trois-pièces dans un gratte-ciel de Murray Hill. La plupart des gens tueraient la moitié de leur famille – voire la totalité – pour habiter là. Le top du top, assorti d'une vue sur la ville à couper le souffle. L'appartement est spacieux et rempli de choses coûteuses, mais il dégage une impression de vide, un néant profond.

Le silence est assourdissant.

Remo ouvre le frigo. Rien, excepté trois variantes de moutarde, de la bière d'importation de luxe et un carton de pizza.

Allume la télé. Zappe. Que des conneries.

Jette un nouveau coup d'œil dans le frigo. Rien n'a changé.

Met un casque, se passe un vieux Violent Femmes. Remo adore la musique, plus encore quand il est complètement pété.

Débouche une bouteille de vin.

Se verse un verre.

Avale un comprimé.

Boit.

Essaie de chanter.

Essaie de danser.

N'assure à aucun des deux. Capte un aperçu de son absence totale de sens du rythme dans le miroir.

— Bon Dieu.

Attrape ses clés et sort aussi vite que possible.

La destination de Remo est le bar de hipsters par excellence. Dans cet abreuvoir pour élites se mêlent maîtres du monde de Wall Street, jeunes héritiers de cabinets juridiques et crétins d'importance et d'apparence diverses. Hommes et femmes en quête d'un plan cul. Remo fend la foule avec une grâce éthylique, avec un objectif. Sa cible est claire.

Au fond de la salle officie l'archétype de la barmaid sexy. Son prénom échappe à Remo sur le moment. Moins de trente ans, splendeur classique équipée de nichons modernes. Opérant sa magie, elle dispatche l'alcool de tous côtés – un tourbillon de bouteilles et de sex-appeal. Les hommes se prosternent à ses pieds. L'idolâtrent. Elle le sait. C'est ce qui fait marcher le commerce, et le commerce est juteux. Sa concentration est inébranlable, jusqu'à ce qu'elle repère son homme. Son chéri actuel, son passeport loin du monde du salaire horaire.

Son coupon alimentaire.

À la vue de Remo, elle interrompt ce qu'elle faisait et son visage s'illumine.

— Salut, bébé !

Il y a un passif sexuel entre ces deux-là. Tout le monde peut le voir. Cela fait enrager la bande de vieux beaux lubriques s'imaginant chacun qu'ils auraient pu être l'heureux élu. Ça n'arrive jamais – la plupart des barmaids sexy restent inaccessibles –, mais ça n'empêche pas les gars de tenter leur chance. Après tout, qui ne tente rien n'a rien, non ?

Se penchant par-dessus le comptoir, elle prend le visage de Remo dans ses mains et lui plante un baiser baveux qui terrasserait un simple mortel. Ses seins disent bonjour. On raconte qu'un petit courtier en valeurs de vingt-deux balais serait tombé dans les pommes. Remo sait que tous les regards sont braqués sur lui. Il aime ça. Il l'aime, elle. Enfin, pas elle en soi. Il aime sa poitrine. Évidemment qu'il l'aime, ça l'aide à boucher un trou. Mais ça ne durera pas. C'est comme s'envoyer de la bouffe chinoise ou sniffer de la colle. Tout ça c'est bon un moment, mais ça ne vous dure pas éternellement.

Ils s'échappent dans un loft industriel aménagé de Midtown. Jolie piaule, mais sans forcer la coquetterie. Moderne, mais sans forcer le côté branché. Onéreuse, point. Sur le lit, la barmaid sexy chevauche Remo sans retenue. Mordille sa lèvre inférieure en couinant comme une actrice porno shootée à la caféine.

Remo s'emmerde comme ce n'est pas permis, suit les gesticulations de la fille d'un regard vide.

Jette un coup d'œil au réveil puis ramène son regard vers elle. Échafaude un plan.

Remo entreprend de simuler ; il joue mal.

— Ça y est. Je jouis.

— Ouais ? Vas-y, Remo. Jouis pour moi, mon chéri.

Il donne un dernier coup de reins, ajoute un soubresaut pour la forme, doublé d'un grognement plus ou moins convaincant. Puis reste immobile, espérant avoir été crédible. Elle cesse de rebondir, un peu perplexe et incertaine de l'attitude à adopter.

— Tu as joui, mon doux ?

— Oui. C'était fantastique.

— Vraiment ? Parce que… c'est juste qu'on dirait pas.

— J'ai un préservatif. C'est pas le même type de feu d'artifice que sans rien.

— Je sais mais…

Elle glisse sur le côté. Quelque chose la tracasse tandis qu'elle ramasse ses habits sur le sol. Certes, elle apprécie le fait de ne pas avoir à payer quoi que ce soit. Toutes ces belles choses. Elle aime ces petits cadeaux qui rendent sa vie spéciale. Mais merde, il faut tout de même qu'il y ait un minimum de respect ... juste un peu. Elle mérite bien ça. Coucher avec quelqu'un qu'on n'aime pas vraiment n'est pas aussi facile qu'il y paraît. Elle commence sa phrase, s'arrête, puis finalement la termine.

— Tu ne respectes rien en moi.

Remo tombe au fond du trou.

— Oh, putain.

— Non, mais sérieusement, dis-moi. Qu'est-ce que tu respectes en moi ?

— Il y a tellement de choses...

— Allez, Remo. Une seule. Cite-m'en une seule.

— Je... écoute, tu es une fille géniale.

— Merci. Mais encore ?

Il réfléchit. Il a mal. Le simple fait de réfléchir lui fait mal, compte tenu de l'alcool, des comprimés et des orgasmes simulés. Mais il a encore plus de mal à trouver une seule chose à répondre à cette fille. Quel que soit son putain de prénom. Et plus le silence se prolonge, plus elle voit rouge. Elle le regarde fixement, avec toute la sincérité dont peut faire preuve une femme nue aux seins chirurgicalement gonflés.

Eh bien ?

Faute de mieux, Remo essaie la vérité.

— Tu es une barmaid de vingt-huit ans propriétaire d'une BMW, d'un appart et d'une paire de nichons pour lesquels je me suis fait un plaisir de casquer... Qu'est-ce que tu veux de plus en matière de respect ?

Sans même une insulte, elle renfile son T-shirt dans un soupir et se dirige vers la porte.

Pas le moment idéal pour la vérité.

Remo respecte la paire de nichons. Pas ce à quoi ils sont accrochés. Il tente un ultime effort pour les faire revenir.

— Ma maison dans les Hamptons ? Ce week-end ?

La porte claque.

— Ma douce ?

Le résultat n'est pas optimal. Ça avait pourtant bien commencé.

Putain.

Remo a faim.

5

Remo trouve refuge dans un boui-boui chinois ouvert toute la nuit. Il s'est calé au fond d'un box décoré comme un trône. Nappes rouges, lanternes en papier bon marché. Havre de nuit pour soûlards tardifs. Son esprit s'échappe tandis qu'il regarde à travers la large baie vitrée. Tout en observant la ville défiler sans effort, les gens circuler dans New York, circuler dans leurs vies, il fait le vide dans sa tête. Son regard est vitreux. Perdu. Avide d'attention. Comme un chiot abandonné sous la pluie.

Le rythme de ses pensées vagabondes l'entraîne dans leur sillage. Il s'en passe des choses dans cette tête. Impossible d'oublier sa conversation avec M. Crow. L'acidité des paroles le brûle encore. On lui a balancé bien des vacheries dans sa vie – rien de nouveau –, mais cette conversation a marqué Remo au fer. L'image de son père lui revient violemment en mémoire. Comme chaque fois. Papa Cobb était un homme dur, très dur. Adorait la picole, détestait les boulots fixes, portait très peu d'intérêt à Remo. Le jour où la mère de Remo avait disparu dans la nature, Remo se rappelle avoir demandé à son père :

— Est-ce qu'elle va revenir ?

— Non.

— Où elle est ?

— On s'en tape.

— Est-ce qu'elle va bien ?

Aucune réponse.

Plus tard, autour de ses dix ans, il avait découvert qu'elle les avait abandonnés ; elle s'était remariée et avait même eu un autre enfant. Difficile de lui en vouloir. Remo ne l'a jamais recherchée. Même avec les vastes moyens désormais à sa disposition, il n'a jamais essayé. Son cabinet pourrait retrouver une aiguille dans une botte de foin, mais elle avait voulu disparaître de sa vie, alors elle n'existait plus.

C'est comme ça.

Il y a peu de gens de nos jours qui peuvent se vanter d'avoir eu un père tué dans une fusillade pour avoir triché aux cartes. Remo, si. C'est une fierté quelque part. D'autres vous diraient : "Mon père est mort d'Alzheimer dans cette agréable maison de retraite qu'on lui avait dénichée", ou "Il a vaillamment combattu, mais le cancer a fini par l'emporter." Pas Remo. "Mon père a descendu deux types après avoir tiré la carte du dessous dans un jeu truqué, puis il s'est mangé deux pruneaux de .45 – un dans la poitrine, l'autre entre les deux yeux."

Et vous, comment préféreriez-vous partir ?

Là encore, ce sont des choses qui arrivent.

Une serveuse asiatique, la cinquantaine, pose devant lui une assiette de riz frit aux crevettes aussi grande que son visage, accompagnée d'une tasse de café noir. Malgré ses cinquante et quelques berges, elle en paraît vingt. Ces gens ne vieillissent pas, songe Remo. Fourchette en main, il s'attaque au monticule de riz et de crevettes mêlés. S'arrête, repousse l'assiette. Sort une flasque en argent, dévisse le bouchon et verse un peu d'alcool dans son café avant de mélanger au doigt.

Remo doit appuyer sur pause dans le film de ses souvenirs à cause d'un type qui essaie d'attirer son attention.

Il fait un peu plus que ça d'ailleurs.

Le type s'installe sur la banquette en face de lui.

Traits burinés, aguerri, usé par des années de mauvaises actions. Son corps affiche un conflit ambulant de philosophies personnelles.

Un homme pétri de confusion, ou tout au moins de contradictions.

Lester parle.

6

— Remo Cobb.

Remo lève à peine les yeux de son assiette – se concentrer lui fait un mal de chien. L'expression qu'il réussit à composer est un mélange d'indifférence et d'ébriété.

Lester, assis, caresse sa bible en fixant Remo. Il le scrute, l'observe en détail, l'étudie, fait le tri dans les sentiments que lui inspire cet homme et réprime toute malveillance. Remo détaille la dégaine de Lester, essaie de remettre le visage. Impossible de se souvenir. Pourtant il lui semble qu'il devrait.

Un des paumés du lycée ?

Le guignol cinglé qui occupait une chambre au même étage que lui sur le campus ?

L'alcool rend généralement compliquée l'identification catégorique d'un visage, mais Remo a particulièrement du mal avec celui-ci. Il tente néanmoins de mettre un nom sur l'homme en face de lui en demandant :

— Je vous connais ?

Lester demeure impassible le temps d'un moment qui semble s'étirer à l'infini – et même au-delà – puis il répond :

— Oui.

Une légère étincelle craque dans le cerveau de Remo, déclenche une infime lueur de souvenir.

— Client ?

— Je l'ai été.

— D'accord… vous voulez quoi ? demande Remo, retournant nonchalamment à son repas, café et pousse-café.

— Je m'appelle Lester. Et je suis en mission de miséricorde.

Remo remarque le tatouage de Dieu sur la main du type, puis la bible. Un taré de Jésus. Putain, c'est bien ma veine.

Lester poursuit :

— Je sors de prison. Durant ma peine, j'ai appris quelle gloire et quelle grâce accompagnent celui qui suit le chemin des justes. La voie vers la rédemption, vers celui que le Seigneur veut que je devienne. Il veut que je vous sauve.

Lester sait parfaitement que, de l'autre côté de la table, les oreilles qui reçoivent ses paroles y sont sourdes, mais il lui semble malgré tout nécessaire de les dire. Un peu comme ces recommandations obligatoires dans les publicités pour voitures ("Réalisé sur circuit par des professionnels. N'essayez pas de les imiter"), ou sur les paquets de cigarettes ("Fumer ça et vous mourrez dans de lentes et horribles souffrances"). Tout le monde le sait, tout le monde s'en fout, n'empêche qu'il faut que ce soit écrit.

Remo interrompt son absorption de riz et son injection de pousse-café.

— Foutrement génialissime.

— Merci de ne pas m'interrompre, monsieur.

— Merci de foutre le camp d'ici, enculé.

Lester sent une vague de colère monter à son cerveau. Il se souvient d'un temps où ce genre de sensation signifiait que quelqu'un allait bientôt avoir mal, très mal, très bientôt. C'était une autre époque, un autre Lester. Aujourd'hui, il réprime ces mauvaises pensées. L'idée d'enfoncer la fourchette qu'il tient à la main dans l'œil de Remo ? Plus une priorité. Celle de sortir Remo de ce box et de lui défoncer les dents à coups de botte ? Refoulée. La simple possibilité de serrer le cou de l'avocat entre ses doigts jusqu'à entendre un crac ? Merci de patienter. Plutôt que de recourir à ces solutions éprouvées, Lester serre les dents et opte pour les stratégies d'adaptation qu'on lui a enseignées en prison. Il respire par le nez. Cherche sa voix apaisante, son espace de bien-être. Expire sa haine et déclare :

— Je vous demande poliment d'écouter ce que j'ai à vous dire. J'ai fait un long chemin pour arriver jusqu'à vous.

Remo, qui considère la retenue et les techniques d'expulsion de la haine bonnes pour les homos et les femmelettes, choisit une autre méthode. Il se couvre le visage de ses mains et répond :

— Quand j'écarterai les mains, j'aimerais que vous soyez parti.

Il laisse passer un temps puis retire ses mains.

Lester est toujours là.

Agacé, contrarié et franchement gonflé par la présence de ce bondieusard, Remo braille :

— Faites-moi plaisir. Disparaissez, putain.

Lester abat sa bible sur la table. Violemment. Le genre de violence qui vous fait penser : "J'aurais mieux fait de la fermer." Crevettes et café rebondissent tandis que le regard dur et froid de Lester s'enflamme d'une intensité palpable. Le brouhaha dans la salle n'est plus qu'un léger murmure. Les autres tables jettent des coups d'œil qu'ils s'efforcent de faire discrets. Les secondes de gêne s'égrènent. L'atmosphère se charge de tension ; du moins c'est ainsi que Remo la ressent.

Lester met fin au suspens qui étreint la salle en se décidant à parler :

— Vous avez fait du tort à certaines personnes dans votre vie. Je me trompe ?

Remo ne dit rien. Il est presque sûr que Lester connaît la réponse.

Lester répète sa question, plus fort.

— Je me trompe ?

Remo abdique.

— À une ou deux.

— Oui. Bien sûr que oui.

À pleine main, Lester ramasse une énorme poignée de riz frit et de crevettes dans l'assiette de Remo et la porte sous son nez pour la renifler. Remo s'efforce de contenir son dégoût devant cette paluche de *quarterback* de bas étage sortant de son assiette.

Il demande :

— Vous avez parlé de me sauver ?

Lester fait oui de la tête.

— De qui… ?

— Des hommes vont venir vous tuer.

Lester essuie l'excédent de riz de sa bouche.

Remo observe un dé de carotte tomber sur la table.

— Redites-moi… demande-t-il.

— Vous vous souvenez d'un démon appelé Dutch ? Des diaboliques frères Mashburn ? Ferris ? Chicken Wing ?

La vie de Remo se met sur pause.

Son visage s'affaisse.

Son cœur cesse de battre.

Chaque molécule de son corps pile sur les freins, se retourne, et c'est le départ de flammes. Sûr qu'il s'en rappelle… Le procès qu'il a saboté.

L'argent qu'il a déterré.

Merde. Putain de merde.

La mémoire lui revient maintenant complètement, et Remo se rappelle pourquoi il connaît cet homme.

— Vous étiez le chauffeur.

Lester éjecte le dé de carotte d'une chiquenaude.

— Oui.

— Comment ça se fait que vous soyez dehors, bon Dieu ?

— Une association, Foi et réinsertion. Ils m'ont obtenu un nouvel avocat qui a trouvé des failles dans le dossier d'accusation.

La tension sanguine de Remo monte en flèche. Comment Leslie a-t-elle pu merder à ce point ?

Lester attrape la main tremblante de Remo.

— Je suis devenu un homme du Seigneur. On m'a donné une seconde chance, et je ne peux pas… je ne les laisserai pas s'en prendre à vous. Je suis venu vous sauver.

Remo reprend sa main. C'est trop de choses à assimiler en si peu de temps ; une vie entière ne lui suffirait pas. Ce serait compliqué pour n'importe qui, mais pour Remo, vu l'état d'ivresse et de détresse dans lequel il se trouve, ça l'est mille fois plus.

Lester insiste :

— Vous avez saboté notre procès.

Remo sait que la vérité ne le libérera d'aucune manière. Il s'apprête à camoufler les évidences, mais Lester le coupe. Empêchant Remo d'ajouter un mensonge de plus à son actif.

— Vous avez fait exprès de perdre. Vous avez coulé notre défense, à Dutch et à moi. Mais c'est rien, Remo. Je vous en veux pas. Ça fait de moi un meilleur homme.

— Je n'ai pas coulé votre défense, on m'a battu. Grosse différence.

— Vous avez volé leur fric.

— Quoi ? Quel fric ? J'ai rien fait de tel…

Le regard de foudre de Lester met fin illico aux boniments de Remo. Remo rend les armes.

— OK. D'accord. J'avoue. J'ai fait exprès de perdre, mais l'argent, je ne l'ai pas. Je l'ai donné à une bonne cause.

— C'est ça.

— Je vous assure, merde.

Le sourire aux lèvres, Lester chope une autre poignée de riz, en songeant à quel point il est bon. Il envisage même la possibilité d'en commander un peu plus, et peut-être un pâté impérial. Au porc, pas cette merde pour végétariens. L'homme est croyant, mais il aime la bidoche. Peut-être un peu de ce porc frit saupoudré de ce truc rouge.

L'esprit de Remo ne pourrait pas être plus éloigné de ces considérations alimentaires. Il pense à un truc rouge, oui, mais c'est à son sang s'écoulant de blessures par balles multiples. Bon Dieu de merde. Et encore, il serait chanceux. À ce qu'on dit, les frères Mashburn aiment se montrer créatifs quand ils se débarrassent de personnes qu'ils n'aiment pas. Sachant que Remo trône au sommet de la liste de personnes que les Mashburn recherchent… ouais, ils trouveront à coup sûr une idée super spéciale pour leur vieux pote Remo. Ses mécanismes de défense s'enclenchent ; il se dit que ça ne peut pas arriver. Pense que ce n'est tout simplement pas possible. Il dit tout haut :

— Dutch est en taule. Et ses frères et le reste de sa bande sont en train de défoncer la rondelle d'Hitler en enfer.

— Ils ne sont pas morts dans l'incendie, explique Lester en essayant de héler une serveuse. Enfin, certains le sont à l'heure qu'il est, seulement c'est moi qui les ai tués. Mais les frères Mashburn ? Oh, ils attendaient juste que le bon moment se présente, et ils sont tout ce qu'il y a de plus vivants, et très fâchés contre vous.

Remo réprime une nausée. Des tremblements de terreur l'assaillent, secouent son corps de la tête aux pieds.

— Vous délirez. Personne ne va venir.

Lester adresse à Remo un regard plein d'une surprenante compassion.

— Des gens vont venir, cher Remo. Des gens méchants, sales et terrifiants. Des gens aux enfances problématiques et à la moralité douteuse vont fondre sur vous avec leurs pistolets, leur soif de sang, leurs crânes remplis d'images de meurtre et de carnage. Ne vous y trompez pas… ils sont en chemin.

Remo se rassied contre son siège, laissant le cataclysme submerger son esprit. Ce genre de nouvelle se place à rang égal avec "Vous avez le cancer" ou "Votre foie va éclater d'ici trois à six mois" ou encore "Vous allez perdre vos couilles". Il se frotte le visage puis boit une bonne lampée à sa flasque. Fait l'impasse sur le café. Lester s'agace contre la serveuse qui l'ignore de façon manifeste, interroge Remo du regard au sujet de l'assiette de riz frit qu'il n'a pas touché. Je peux ?

Remo pousse l'assiette vers lui. Oh, bien sûr, allez-y.

Un bruit infiniment léger arrête Remo dans son geste.

Tink, *tink*, *tink*.

Ça vient d'en dehors du restaurant.

Tink, *tink*.

Remo tourne la tête vers la vitre.

Un type portant capuche, lunettes noires, et ce qui ressemble à une fausse barbe très mal imitée, tapote contre la vitre avec sa clé de voiture pour attirer l'attention de Remo. Remo lui renvoie un regard méchant, le genre qu'on réserve aux casse-couilles. Lester, le visage enfoui dans la merveilleuse liberté de la nourriture chinoise, ne remarque rien.

Le mec à capuche pointe son doigt vers le sol.

Remo ne comprend pas.

Le mec sort un .357 finition nickel à crosse de caoutchouc.

Remo comprend.

Il plonge sous la table en un éclair. Le mec à capuche ouvre le feu sur Lester sans un gramme de pitié. Une percussion continue de plombs fracasse la vitre, le verre explose en fragments qui rebondissent et vont tapisser la surface de la table et le sol autour. Les balles traversent l'air, frappant Lester en de multiples points d'impact, sifflant, tournoyant, l'éjectant hors du box. Son corps se couvre de bourgeons pulpeux pareils à des fleurs printanières.

Les clients du restaurant se dispersent tels des cafards quand la lumière s'allume, criant et courant vers les issues. Les tables volent, les chaises dérapent sur le revêtement bon marché, les assiettes se brisent : voilà ce qui arrive quand les balles s'invitent à votre table.

Remo se couche au sol, sous la table, au milieu d'une pluie d'éclats de verre. Se recroqueville en position fœtale dans l'espoir illusoire de parvenir à un certain confort.

La notion de confort n'est plus qu'un lointain, très lointain souvenir pour Remo.

Dans une détonation retentissante, un dernier tir envoie Lester à terre. Puis le mystérieux type à capuche, hostile et armé, disparaît dans la nuit, s'échappant sous le couvert de l'obscurité.

Le corps de Lester est affalé de tout son long sur le sol, nez à nez avec Remo. Le regard plongé dans celui d'un homme à l'agonie, Remo essaie de reprendre son souffle. Lentement, le sang commence à rouler sous le corps, une flaque rouge sombre dévorant le carrelage à damier noir et blanc.

Remo sent la peur lui paralyser les jambes. Contrôler sa respiration : vous pouvez oublier. Il lutte pour conserver son calme, ou du moins rester aussi calme qu'un homme peut l'être quand son cœur est à deux doigts d'exploser dans sa poitrine.

Aussi calme qu'il peut l'être quand il regarde son avenir dans les yeux.

C'est très sûrement aujourd'hui que sa vie va changer.

DEUXIÈME PARTIE

(Ma vie = quelle merde !)

7

UNE heure plus tard, le visage de Remo est toujours figé dans cette expression de traumatisme contrôlé qu'il affichait couché sur le sol face à Lester. Un merdier de questions et d'interrogations tourbillonne dans son crâne. Remo réalise qu'à cette heure il pourrait être en train de faire l'amour avec une barmaid canon, au lieu de… de ça !

C'est quoi mon problème, bordel ?

Il va m'arriver quoi ?

Quelle merde !

Le restaurant grouille maintenant de policiers inspectant les lieux, fouillant les débris en quête de preuves, explorant la scène de crime. Pas grand-chose à fouiller ni à explorer cela dit. Juste une vitre en morceaux, un resto chinois dévasté par les tirs et un ex-détenu bardé de tatouages s'accrochant à la vie. Des ambulanciers emportent Lester sur un brancard. Des phrases et des mots comme "S'en sortira pas", "Ça sent mauvais", et "Foutu" sont lancés de manière désinvolte.

Assis à une table, Remo boit un café à petites gorgées. En face de lui est assis l'inspecteur Harris. Le froid règne entre les deux hommes ; ils partagent une histoire d'inimitié. Une tonne de haine bouillonne chez Harris, juste sous la surface. Il la contient afin de maintenir un degré raisonnable de professionnalisme, mais c'est extrêmement difficile. Par le passé il est parvenu à s'empêcher de tabasser des violeurs, des meurtriers et consorts en bouillies méconnaissables, mais comme beaucoup, Harris nourrit le fantasme ardent de démolir la gueule de Remo.

Harris est exactement tel que vous l'imaginez.
Imposant.
Gras.
Chauve.
Con.
Il dit :
— Vous autres avocats, votre notion du bien et du mal doit être aussi trouée qu'un bretzel. Vous devez croiser un sacré paquet d'ordures, non ?
— Il s'agit de clients, répond Remo.
À l'heure qu'il est, Remo a beaucoup de mal à tenir une conversation, et ce pour plusieurs raisons. Le fait qu'il n'ait aucune envie de discuter avec Harris n'arrange rien.
Harris continue :
— Ce gars, Lester, c'est une de vos ordures ?
Remo ne répond pas.
— Il vous a confié quoi que ce soit d'important ?
— Oui, "confié".
— Vous savez quoi ? Entre parenthèses, je vous aime pas. Du tout.
Remo réplique entre ses dents :
— Ça pique les yeux.
— En avril dernier, vous m'avez pas raté quand j'étais à la barre.
Trois flics en tenue et quelques inspecteurs les ont rejoints. Ils regardent tous Remo comme s'il s'était tapé leur sœur et qu'il ne l'avait pas rappelée. Remo n'a pas oublié ; il se rappelle très bien d'avril. En fait, il voudrait juste que Harris ferme sa gueule. Peut-être que le type à la capuche pourrait revenir et lui coller une balle dans la tête – ou dans la sienne. À ce stade, il s'en fiche.
Harris poursuit sur sa lancée.
— Et ce furoncle de l'espèce humaine que vous avez remis en liberté ? Celui qui a tué quatre autres personnes même pas vingt-quatre heures après ? Ça vous revient, espèce de connard ?

Remo recentre la discussion.

— Est-ce qu'on peut parler de ce qui s'est passé ce soir ?

— Pardon. Excusez-moi. Je referme la parenthèse.

— Il a dit que des personnes allaient venir me tuer.

De longues secondes silencieuses accompagnent les longs regards vides de Harris et de ses collègues.

— Vous avez entendu, inspecteur ?

— Bien sûr que j'ai entendu.

— Une idée ?

Harris livre son explication du même ton que s'il lisait le menu du jour.

— On est à New York. Les gens arrêtent pas de raconter des conneries. J'ai un sans-abri qui m'a dit aujourd'hui que des lesbiennes mutantes étaient en train de planifier une rébellion mondiale.

Sympa, songe Remo, mais il ne peut s'empêcher de penser que la menace est peut-être plus réelle que la conclusion du bon inspecteur ne semble le suggérer.

— Vous dites que l'homme derrière la vitre vous a fait signe de vous baisser ?

Remo hoche la tête.

— Comme s'il vous demandait de vous écarter ? Parce qu'il n'en avait qu'après Lester ?

Remo voit où il veut en venir.

— Peut-être mais…

— Il me semble pas que vous ayez été la cible de violence ici ce soir. Apparemment, c'était plutôt Lester qui avait des problèmes.

Remo ne répond pas. À quoi bon argumenter avec un type qui s'en fout, qui vous hait, et, pire que tout… qui vous tient un discours cohérent ?

Harris, avec une lueur agaçante dans le regard, propose néanmoins son aide.

— Mais bien sûr, si vous vous sentez inquiet ou menacé d'une façon ou d'une autre, je peux demander à certains de mes hommes de veiller sur vous. (Remo considère l'équipe de policiers armés qui exècrent tout ce qu'il représente. Harris se penche vers Remo.) Entre parenthèses : eux aussi vous détestent.

Sans déconner.

À l'extérieur, le jour commence à poindre. Devant la vitrine explosée, les gens sont au spectacle comme devant une émission de téléréalité policière. Ils suivent à distance le tête-à-tête passionné entre Remo et l'inspecteur Harris. Sur le trottoir d'en face, un groupe de badauds s'est rassemblé pour reluquer la scène de crime. Un début de journée divertissant pour les travailleurs terminant leur nuit, et plus encore pour ceux qui n'ont toujours pas dessoûlé de leur dernier verre.

Parmi la foule de curieux se tient l'homme à la capuche. Le mec au .357 qui a truffé Lester de balles. Il s'est débarrassé des lunettes, du sweat et de la barbe, et a retrouvé sa véritable apparence : celle d'un jeune maigrichon cocaïné, une fouine arborant un sourire torve et un regard de dément.

Un regard vorace rivé sur Remo comme si celui-ci constituait le dîner de ce soir.

Le type s'appelle Chicken Wing.

8

Chicken Wing.

Alias le benjamin des Mashburn.

Du haut de ses vingt-trois ans, Chicken Wing est clairement l'élément le plus dangereux d'une bande des plus dangereuses. Trimballant un excédent apparemment inépuisable d'énergie nerveuse, nourrie d'un mélange de colère juvénile et de psychose narcotique. Au regard de tout standard de normalité, il est une calamité humaine sans aucun espoir d'employabilité, agissant sans remords ni raison, ni plus vague notion de bien ou de mal. Évidemment, l'entreprise familiale Mashburn est régie par un tout autre ensemble de standards.

Son nom de guerre lui a été affectueusement donné par ses frères. Quand il était enfant, sa charpente maigrichonne laissait voir deux bras rachitiques qui ressemblaient – vous l'avez deviné – à des ailes de poulet. Il ne sait plus lequel de ses frères l'en a affublé, mais le sobriquet est resté. Les surnoms, c'est un peu comme l'herpès, ça vous colle à la peau… à vie. Bien qu'il soit aujourd'hui plus âgé, il est toujours aussi maigre et sa masse musculaire ne s'est pas suffisamment développée pour que ses frères abandonnent le surnom. Tout ce qui s'est développé chez lui, c'est sa colère et ses tendances violentes.

Son téléphone portable sonne. Chicken Wing sait qui c'est sans même regarder. Il s'éloigne dans une ruelle.

— Ouais ?

Une voix familière grésille à l'autre bout de la ligne.

Voix de famille.

— Tu l'as à l'œil ? demande Ferris.

Ainsi que Lester l'a dit, Ferris est bien vivant et se porte comme un charme. Il arpente le salon d'une maison de banlieue tout droit sortie d'un catalogue d'ameublement Pottery Barn. Ici chaque bibelot a son histoire. Tout en discutant avec son cinglé de frère sur un portable prépayé, Ferris s'amuse avec les billes d'un boulier en bois. Il sourit en imaginant le rire hystérique que pousserait Chicken Wing s'il lui disait qu'il tripotait une paire de boules.

— Si je l'ai à l'œil ? Bien sûr. Mais j'ai pas vu de fric...

— Il va pas se balader avec trois millions et quelque dans sa poche. Ils sont sûrement planqués à travers la ville, dans différents lieux sûrs.

Ferris fait les cent pas dans la pièce chaleureusement décorée. Ce n'est pas la première fois qu'il rencontre des difficultés avec Chicken Wing, des difficultés liées à l'incapacité de son cadet à obéir aux ordres les plus simples. Pas qu'il soit stupide, mais le gosse est un jeune fou impulsif. Ferris sait qu'il faut toujours mettre les points sur les i et les barres sur les t avec son petit frère. Il dit :

— Écoute-moi bien. Tu le lâches pas. Lester a pété un plomb aujourd'hui. Il a dézingué la moitié de l'équipe.

Chicken Wing se fend d'un large sourire entendu.

— Je viens de le voir, Lester. Je l'ai truffé de plombs.

— Quand ça ?

Ferris ferme les yeux ; il bloque sur l'information qu'il vient de recevoir. Qu'est-ce qu'il a foutu ? Mais PUTAIN qu'est-ce qu'il a foutu ?

— Y a une heure. Il était en train de parler avec Remo et...

— Avec Remo ? Qu'est-ce qu'il lui a dit ?

Ferris est à deux doigts de sortir de ses gonds. Son esprit fait le tour des scénarios catastrophes.

Des scénarios à la Chicken Wing.

— Qu'est-ce j'en sais ? rétorque Chicken Wing avec agacement

Le ton condescendant de son grand frère commence à faire monter son aiguille dans le rouge.

— On avait dit quoi sur le contrôle ? Tu as oublié notre discussion ? Tu dois pas...

— Ouais, Ferris. Je sais. J'ai vu Lester bouffer avec Remo. Je me suis dit que ça sentait pas bon alors j'ai pris les devants.

Ferris décèle la pointe défensive dans la voix de son frère. Il en tient compte et fait machine arrière pour tenter d'apaiser la conversation.

— Et tu as bien fait... cette fois. Mais on ne peut pas commettre d'imprudences sur ce coup-là.

Sa stratégie ne marche pas.

Du tout.

L'agitation de Chicken Wing grandit à chaque mot.

— J'ai pigé, bordel de merde. T'arrêtes pas de... Occupe-toi de ce que t'as à faire, putain.

Chicken Wing envisage un instant de balancer le téléphone contre le mur en brique, mais il se ravise et raccroche.

Il se félicite de cette preuve de maturité.

Ferris rempoche son téléphone et va s'installer dans le canapé du salon. Il n'est pas content de son petit frère. À tort peut-être, il s'en veut d'avoir placé Chicken Wing dans une position l'exposant à l'échec. Mais bon, il faut bien que le môme grandisse un jour. Il ne peut pas passer sa vie à materner ce petit enfoiré. Ferris peste entre ses dents contre ce petit crétin qui a encore foutu la merde dans ses plans.

Un petit cri étouffé provenant d'un coin de la pièce l'interrompt dans sa conversation avec lui-même. Ferris se tourne, un doigt posé sur les lèvres, et agite froidement l'autre à l'intention d'une femme recroquevillée par terre : Pas de ça.

Une femme ligotée, bâillonnée, terrifiée.

Jamais elle n'avait imaginé, en choisissant les bibelots pour la maison de ses rêves, que sa vie finirait ainsi. Jamais, tandis qu'elle écumait les interminables magasins d'occasions, épluchait les catalogues et explorait les sites en ligne, elle n'aurait pu deviner qu'elle était en train de décorer sa propre tombe.

Ses lèvres tremblent tandis qu'elle s'efforce d'obéir aux ordres de l'intrus dans sa maison.

Ferris allume la télé, pose les pieds sur la table et ouvre un sachet de Lays dorées au four. Dorées au four ? Pourquoi ne pas acheter les vraies, putain !? Pas croyable. Il monte le volume, ignorant les cris de la femme.

Sur un guéridon dans un coin trône la photo d'un couple rayonnant – la femme recroquevillée par terre lors d'une journée plus heureuse. Sur la photo, elle se blottit dans les bras de son mari.

Le regard de la femme ne quitte pas la photo. Si seulement son mari baraqué, fort et courageux était là, rien de tout ça ne serait arrivé. Frank tuerait ce salaud. Ce salaud qui s'envoie leurs chips, les pieds posés sur leur table basse Hyde à pieds tournés flambant neuve… oh, l'horrible salaud.

Ce qu'elle ignore, ce qu'elle ne peut qu'ignorer, c'est que son mari est en vérité douloureusement au fait de la situation. Ça ne le réjouit pas, mais il n'empêche qu'il sait.

Et il le sait, car son mari, le Frank ici en photo avec elle, est le même Frank qui…

9

Le gardien baraqué, fort et courageux, suit les déplacements des détenus dans la cour de l'île.

L'île de Rikers, pour être précis. Rikers Island.

Frank n'a plus le visage rayonnant de la photo avec sa femme ; ses traits trahissent l'inquiétude. Envolé le sourire. Dépassé le stade de contrariété. Lorsqu'il imagine Ferris Mashburn prenant ses aises dans sa maison, chez lui, avec sa femme...

Frank balaie des yeux la cour remplie de détenus de tout acabit. Un bouillon criminel de races, de tatouages et de déviances mentales. Il arrête son regard sur un détenu en particulier, et se dirige d'un pas ferme vers Dutch Mashburn.

Dutch se tient à l'écart, suivant un match de basket-ball entre détenus. Blancs contre Noirs. Encore une fois, tout ça est ramené à la race et n'apaise en rien les tensions ethniques, mais ça facilite grandement la tâche de savoir qui est avec qui.

Dutch, un peu plus âgé que Ferris, et considérablement plus que Chicken Wing, est le donneur d'ordres incontesté du clan Mashburn, de l'équipe de braqueurs, et, désormais, de Frank et de sa femme.

En bref, Dutch = mec flippant.

Auréolé dès la naissance d'une intelligence sordide et malveillante, il a tout du type qui étripe votre famille puis poste la vidéo sur YouTube dans la catégorie tuto d'anatomie.

Frank se rapproche de Dutch, fait mine d'engager une conversation badine tout en regardant le match. S'efforce tant bien que mal de prendre un ton ferme et coriace.

— Le bus est prêt. On transfère certains des détenus les plus violents vers un autre établissement.

Prendre un ton ferme et coriace ne rime à rien quand on a Dutch pour interlocuteur. Tout ce qu'il offre en retour, c'est sa mine sinistre habituelle.

Frank enchaîne :

— Je me suis arrangé pour être affecté dans l'équipe du bus. Ça veut dire qu'il ne te reste plus qu'à décrocher une place à bord.

Frank tire un couteau rudimentaire fabriqué à l'intérieur – un "schlass" comme on dit dans les films – et le donne discrètement à Dutch.

— Tu t'en prends pas aux surveillants, on est d'accord ? dit Frank. Seulement aux détenus.

Dutch reste de marbre. Frank déteste devoir faire office de service clients pour ce fils de pute. Il est conscient de sa situation, évidemment, mais il a ses limites, et il vient de les atteindre. Il fixe Dutch, hausse le ton.

— Écoute, espèce de fumier. Si ton monstre de frère touche à un cheveu de ma femme…

Dutch ne prend même pas la peine de modifier son expression. À ses battements de cœur réguliers, on pourrait croire qu'il est en train de voguer sur un matelas pneumatique dans une piscine de Las Vegas. Dutch a essuyé son lot de menaces, de raclées, de tirs et de coups de couteau – bien avant d'avoir l'âge de conduire une voiture. Peu de temps après, c'était lui qui administrait les menaces et les raclées. Ses flingues ont fait plus de victimes que les polices de LA et de Detroit réunies. Il a massacré plus de pauvres couillons que Jason Voorhees. Peu de choses sont capables d'ébranler Dutch Mashburn. Et certainement pas un maton de l'administration pénitentiaire qu'il tient par les couilles.

Dutch répond donc sans même le gratifier d'un regard.

— Quoi ?

Frank sent son sang bouillir, et c'est avec la rage aux lèvres qu'il s'apprête à répliquer. Dutch ne lui en laisse pas le temps.

— Ton plan se résumait à ça ? Hausser la voix ?

Frank s'incline.

— On a un marché, salope. Fais ce que t'as à faire et on lui fera pas de mal.

Les deux hommes se fixent. Frank n'a pas d'autre choix que de lui faire confiance. À aucun moment Dutch ne détourne son regard du terrain de basket.

— Maintenant si tu veux bien m'excuser, je dois aller me montrer violent, dit-il en marchant tranquillement vers le terrain tout en sifflotant.

Dutch passe parmi les joueurs sans s'arrêter, forçant ces derniers à l'éviter. Il s'avance calmement au milieu du terrain, alors même que le match acharné bat son plein.

Dutch s'en fout.

Il s'ouvre un chemin parmi les participants comme d'autres ont ouvert la mer Rouge, arrêtant brutalement le match. Les joueurs convergent sur lui. Noirs et Blancs confondus se sont trouvé un ennemi commun. Une montagne de muscles s'avance, impatiente de se délester d'une tonne de mauvaise humeur. Toute raison est bonne pour infliger de la souffrance. Se dressant de toute sa taille face à Dutch, la montagne gronde :

— T'as un putain de blème, Dutch ?

Autour d'eux, tous les joueurs crèvent d'envie de réduire ce vieux en charpie.

Les surveillants commencent à remarquer l'attroupement.

Dutch, aussi calme qu'une vache hindoue, se fend d'un soupçon de sourire désarmant, juste avant d'ouvrir le cou de la montagne d'un coup de schlass. Un geste si rapide, si net que dans un premier temps, ça ne saigne même pas. Puis, lentement, ça commence à crachoter, avant de jaillir comme l'eau d'un barrage qui cède. La montagne attrape son cou, le sang giclant d'entre ses doigts épais. Le choc et l'incrédulité figent son regard tandis que sa vie se répand sur le terrain.

Dutch pivote, et le diable est à la fête : Dutch plante l'arme de fortune dans tous ceux qui ont la malchance de se trouver là. Les détenus reculent, saignent, s'écroulent.

Il coupe.

Plante.

Taillade.

Multiples coups de lame pour chacun. Bruits de crevures humides trouant la peau, suivis de bruits de déchirures horribles quand la lame ressort. Dutch bouge comme un homme possédé, rapide comme l'éclair, un brouillard de violence magnifique et impressionnant.

Il lâche un cri vide et inhumain, le visage inexpressif. Une perte de contrôle inhabituelle pour un homme tel que lui. D'ordinaire, Dutch préserve ses cordes vocales, ne les sollicitant que si nécessaire. Mais ici, ce cri lui semble apporter la touche finale adéquate.

La dose adéquate de folie furieuse qui lui permettra d'obtenir sa place dans ce bus.

Tel un arbitre de boxe, Frank entame le compte des huit secondes puis se joint au flot des surveillants fondant sur la bagarre. Les gardiens se fraient un passage parmi la masse de prisonniers, enjambant, piétinant parfois des détenus blessés ou mourants. Dutch est plaqué au sol sous les mains, sous les genoux, sous les gros doigts boudinés.

Ses yeux s'embrasent, le plaisir dont il se gorge, l'excitation, pénètrent jusqu'à sa moelle. Des veines gonflent sur son front, un sourire dément s'étire sur ses lèvres. L'extase du moment, voilà sa raison de vivre.

La violence.

Une mort servant un objectif.

Son objectif.

Dutch faisant ce que Dutch fait le mieux.

10

Le soleil du matin fait scintiller l'inox dans l'appartement de Remo, illumine le parquet verni, et éclaire les gadgets dernier cri. Une qualité de vie de showroom digne d'un roi.

Remo passe la porte d'entrée en titubant, l'air d'un type qui a été percuté par un camion puis traîné sur des kilomètres. Les événements de la veille ont laissé leur marque. Ses clés partent dans une direction et ses chaussures volent dans l'autre tandis qu'il traverse rapidement le salon vers le bar.

Il retire sa cravate, laissant tomber la boule de soie sur le parquet. Lampe une gorgée de Johnnie – doux, doux nectar qui endort le salopard – tout en essayant de se ressaisir. Se dit, Tu parles d'une vie. Il faut que je me reprenne en main. C'est pas une vie pour un type. Faut que je me mette au sport, à manger plus sainement, à montrer plus de compassion envers les animaux… peut-être aussi envers les gens.

Non. Qu'ils crèvent, ceux-là.

Il attrape une banane, se verse un nouveau scotch.

C'est un début.

Une enveloppe glisse sous la porte.

Remo s'arrête net. Ses joues gonflées de Johnnie le font ressembler à un écureuil soûl.

Remo fixe le pli, le cœur battant, l'aiguille droit dans le rouge. Posant son verre, il s'avance prudemment vers la porte. Passe la tête dans le couloir, puis fait suivre le reste de son corps.

Désert.

Rien.

Personne.

Il regagne son appartement et donne un tour de clé. Il ramasse lentement l'enveloppe, la manipulant comme s'il s'agissait d'un pli d'anthrax. Attend un long moment, comme si le fait de ne pas l'ouvrir pouvait remédier au merdier dans lequel il se trouve. Comme si le déni pouvait rappeler la meute de chiens.

Les Mashburn.

Si seulement.

Glissant son doigt sous le rabat pour créer une déchirure, il entrouvre l'enveloppe avec une prudence extrême. Dans un coin de sa tête, la scène lui évoque les prodiges d'imagination dont fait preuve Bip-Bip pour échapper au Coyote. Un œil fermé, il finit d'ouvrir l'enveloppe. Pas d'anthrax, pas de bombe, mais un message griffonné à la va-vite. On dirait l'œuvre d'un môme de cinq ans issu d'une union consanguine – ou d'un père Noël défroqué.

On ces quand tu dors. On ces quand tes rèveillé. Dort bien, connasse.

Remo a les noix qui font bravo. Les mains tremblantes, il descend une autre rasade de Johnnie. Le liquide devrait le brûler en lui coulant dans le gosier, mais ses sens sont si anesthésiés qu'il ne sent rien. Il court dans sa chambre. Les habits volent aux quatre coins de la pièce tandis qu'il fouille dans sa commode.

— Allez… putain de putain de merde. Ah, te voilà, dit-il en mettant la main sur le Glock 9 mm qu'il a rangé là juste au cas où.

Bonjour, mon beau.

Il inspecte le pistolet, l'air de savoir ce qu'il fait. Tire, pousse.

— Merde.

Le chargeur glisse et tombe par terre. L'arme lui a été offerte par un client, en remerciement d'un travail bien fait. Au moment de la déballer, à l'époque, sa première pensée avait été : Combien de fois a-t-elle servi ? Quelle manière propre et discrète de se défaire d'une arme compromettante : offrez-la à votre avocat.

Quel incroyable ramassis de crétins, ces clients.

Mais aujourd'hui, Remo trouve qu'il s'agit du plus judicieux de tous les putains de cadeaux qu'il ait jamais reçus. Il regrette juste de ne jamais être allé s'entraîner au stand de tir ou de n'avoir jamais pris de leçons ou autre chose. Il renfonce le chargeur et tire sur la glissière comme ils font à la télé.

Blam!

La balle fait voler en éclats la fenêtre de sa chambre, dans un bruit assourdissant qui résonne dans tout l'appartement. Remo note dans un coin de sa tête de trouver un bon mensonge avant d'appeler le service d'entretien pour qu'il la répare. Il replace le pistolet dans le tiroir de la commode et le recouvre d'un sous-vêtement. Il était peut-être prématuré de se jeter sur son pistolet. Il est presque sûr que ses voisins ne sont pas chez eux. Il mentira plus tard, au besoin.

Remo retourne dans le salon, tire les rideaux sur la vaste baie panoramique.

Tourne les trois autres verrous de la porte.

Accroche la chaîne de sûreté.

Jette un coup d'œil dans le judas.

Coince une chaise sous le bouton de porte.

Il ne sait pas quoi faire d'autre. Il lui est arrivé de défendre des types qui avaient provoqué ce genre de situation. Il avait même démoli les victimes à la barre. Mais jamais il n'en avait été la cible. Plus son truc.

Remo fouille dans le placard du vestibule, trouve une batte de base-ball, et se ravise. Ça va, se dit-il, tu n'as rien à craindre. Quoique…

Il éteint la lumière.

— Merde, glapit-il en butant contre quelque chose avant de tomber dans le noir.

Tâtonnant dans l'obscurité, il parvient à trouver une bougie et à l'allumer. Il s'assied à la table de la cuisine. Elle sent le jasmin. Le cadre romantique idéal, s'il n'était pas dans une telle merde.

Remo sort son portable et fait défiler ses contacts. Il s'arrête sur l'un d'eux, fixe longuement le prénom. Anna. Son pouce se rapproche de "sélectionner".

Il s'arrête.

Pas le bon moment. Pas sûr qu'il y en ait un d'ailleurs.

Il continue de faire défiler les contacts et choisit un autre numéro.

Les substituts du procureur de la ville de New York ont plus ou moins l'habitude de recevoir des coups de téléphone en pleine nuit, mais Leslie apprécie tout de même moyennement ce réveil brutal. Elle parvient à marmonner un allô ensommeillé.

— T'es une putain d'incompétente, lance-t-il avant de raccrocher.

Descend le verre de Johnnie et s'en verse un autre à la lueur vacillante de la bougie. Un petit sourire d'autosatisfaction lézarde ses lèvres. Il ne peut s'empêcher de penser : Même face à la mort… j'ai toujours le coup.

11

Il paraît que quand on boit au point de perdre conscience, on n'accède pas au sommeil profond. Quelque chose à voir avec le fait qu'étant occupé à combattre l'alcool votre corps ne peut pas se détendre suffisamment pour permettre à votre esprit de lâcher complètement prise. Ça... ou bien le corps dispose d'un mécanisme interne pleinement conscient que, torché comme vous l'êtes, vous risquez à tout moment de dégueuler. Et croyez-le ou pas, votre corps n'a aucune envie que vous mourriez étouffé par votre propre vomi pendant que vous êtes dans les vapes. L'instinct de survie est opérationnel à toute heure, nuit et week-end compris.

On peut évidemment neutraliser ce mécanisme en s'envoyant de telles doses d'alcool qu'on en court-circuite le petit logiciel d'aide à l'autoconservation installé par la nature – voir l'ex-leader d'AC/DC Bon Scott pour plus de détails. La mort par accident, c'est pas joli.

Pendant ce séjour dans les limbes éthyliques, votre cerveau vous autorise à rêver. Peut-être pas de manière aussi paisible que dans un sommeil normal, ni aussi fluide. Plutôt des rêves saccadés, du genre lecture, stop, pause, retour rapide et réenregistrement par-dessus les bons morceaux. Encore, encore et encore, jusqu'à ce que vous vous réveilliez avec l'impression que vous venez de sortir en rampant du trou du cul d'une chèvre.

Remo préfère ce type de rêves aux rêves lucides.

Ce n'est pas la seule raison qui le pousse à boire comme il le fait, mais c'est un effet secondaire qui lui convient très bien. Les vrais rêves ouvrent parfois des portes dans la tête qu'il vaut mieux laisser fermées, ou débobinent des pelotes de souvenirs qu'il est préférable de laisser embobinées dans un coin.

Les rêves de Remo se rapprochent davantage d'exercices cérébraux superficiels.

Des rêves réconfortants.

De quoi occuper son cerveau pendant qu'il succombe au charme de la Ritaline et du Johnnie Walker Blue.

"R&B", comme il appelle la combinaison.

Remo a vu quelque part un reportage, peut-être dans *Sixty-Minutes*, où l'on expliquait que des petits couillons à l'université prenaient de la Ritaline pour augmenter leurs capacités intellectuelles, ce qui leur permettait de tricher dans leurs études. La Ritaline est à la base destinée aux enfants hyperactifs, mais apparemment elle produit un résultat légèrement différent chez les adultes. Au lieu de calmer la petite Jennie ou le petit Jack cent mille volts, elle développe la concentration chez les adultes – genre une putain de concentration – et accélère l'assimilation des informations. Bien sûr, on dit aussi qu'elle augmenterait la pression artérielle, provoquant crises cardiaques et compagnie. Mais bon, après tout, McDonald's aussi, sans compter que les McDo n'améliorent pas votre moyenne mais peuvent vous transformer en putain de gros lard. Pour un gamin, le choix est vite fait.

Remo aime le Johnnie Blue, mais Remo est aussi un juriste très en vue et très bien payé qui doit être en mesure de se concentrer, de garder l'esprit aiguisé, et de mémoriser d'importantes quantités d'informations. L'alcool peut causer plus d'un frein à ces impératifs, aussi n'y a-t-il rien de plus normal à ce qu'il convie les médocs à la fête.

Mister Blue fait son taf, la môme Ritaline le sien, et au final, Remo en sort avec les honneurs.

Évidemment ça n'a pas toujours été idéal. Il faut du temps pour rôder un système, et il y a eu des moments douloureux, en particulier dans les débuts, quand il s'efforçait de trouver le bon réglage entre fréquence et dosage. Des moments douloureux et socialement embarrassants. Mais assez vite, Remo avait trouvé le truc et, encore que tout soit question de morale personnelle, il avait plutôt bien réussi.

Les alcooliques parlent parfois d'"être sur l'île" pour évoquer leurs périodes d'ivresse. Remo est sûr qu'il s'agit d'une invention de ces enculés des Alcooliques Anonymes.

Dégonflés.

Non pas qu'"être sur l'île" soit une mauvaise description. C'est juste qu'elle sonne tellement, tellement...

Merde quoi. Remo ne l'aime pas, point.

Et donc, pendant que Remo "est sur l'île", ses pensées s'enchaînent dans un fil de souvenirs sans logique, parasité par un fantasme occasionnel.

Cul et nichons, bouteille et cachetons, luxes à plusieurs zéros.

Toujours plus de nichons.

Toujours plus de cul.

Remo entouré de culs et de nichons dans une gigantesque suite, se faisant tailler une pipe dans une limo, baisant pendant un saut en parachute, la fille passant d'une nationalité, d'une origine ethnique, à l'autre, comme celle des X-Men. Oui. Il est presque sûr qu'il y a une nana bleue dans le lot.

Puis, d'un coup, son esprit vire au noir.

Le kaléidoscope d'images pornos est balayé de son esprit, remplacé par une obscurité complète et dévorante.

Dans son rêve, une porte s'ouvre.

Sur une pièce faiblement éclairée.

Par la lumière tamisée d'une veilleuse d'enfant.

Dans la chambre, un enfant dort à poings fermés, bordé dans son lit, couvertures tirées jusqu'au menton. Remo se laisse choir dans un fauteuil de bureau en cuir niché dans un coin de la chambre. Il porte son plus beau costume et tient une bouteille de Johnnie Blue à la main. Il regarde le garçon, mais ne peut pas voir son visage. L'enfant lui tourne le dos, face au mur opposé.

Un bébé pleure quelque part, dans un endroit que Remo ne voit pas. Un cri perçant.

Un groupe d'hommes armés de fusils à pompe et de fusils d'assaut surgissent par la porte. Leurs expressions sont vides, comme si la peau de leur visage était une taie d'oreiller tendue sur leur crâne.

Ils remarquent Remo, s'arrêtent un instant, puis tournent leur attention vers le garçon dans le lit.

Le bébé crie plus fort.

Remo observe la scène froidement, boit une gorgée.

Les hommes actionnent leurs fusils, arment leurs automatiques.

Les cris du bébé cessent, l'air se remplit d'un silence étrange.

Le jeune garçon se redresse droit comme un i dans son lit, comme s'il était en feu. Lui aussi est dépourvu d'expression, mais Remo parvient tout de même à distinguer sa bouche sous la peau étirée. Le garçon tend les bras vers Remo et pousse un cri de terreur.

Remo essaie de se lever de son fauteuil mais tombe à genoux, les doigts tendus à quelques centimètres du gamin sans visage.

Les fusils à pompe explosent.

Les fusils d'assaut se lancent dans un staccato sans fin.

Pas de sommeil paradoxal ici, pas de Rapid Eye Movement, pas de REM.

Juste le sommeil de REMO.

12

Remo se réveille en sursaut.

Il ne fait pas complètement surface. La remontée est douloureuse. Il entrouvre les paupières, constate qu'il se trouve toujours à la table de sa salle à manger. La bougie a fondu, désormais réduite à une bouse violette. Il se redresse sur sa chaise rigide. Tout va bien a priori, si ce n'est que sa bouteille de Johnnie est complètement vide.

Il a la tête en feu. S'aperçoit qu'il tient toujours la batte, fermement serrée contre lui. Son portable sonne et il sursaute sur sa chaise, bascule et atterrit par terre sans aucune grâce. Il se relève d'un bond, batte en main, essaie tant bien que mal de regagner un semblant de contrôle sur lui-même. Décroche.

— T'as l'intention de te pointer aujourd'hui, Cendrillon ? demande la voix rocailleuse de son patron, Victor.

Remo plisse les paupières. Il répond :

— Dure nuit. Tu me couvres ?

— Te couvrir ? Tu te fous de ma gueule ? On est débordés ici.

— C'est que... je suis vraiment dans la merde, grommelle Remo.

— Cause toujours. Rapplique ou j'envoie des types te chercher.

La réponse de Victor fait germer une idée dans sa tête. Remo raccroche et fonce vers la porte.

Dans un sale état, il sillonne les trottoirs bondés, vérifiant constamment par-dessus son épaule qu'il n'est pas suivi, scrutant du coin de l'œil les visages qu'il croise. Son cœur s'emballe à l'idée qu'à tout moment quelqu'un pourrait l'abattre. Il se dit à nouveau que ce n'est pas une vie. Songe à Harrison Ford dans *Le Fugitif*. L'espace de cinq secondes, sa situation prend un air sexy-cool, puis la sensation de nausée revient, comme s'il s'agissait d'un état naturel. Étrangement, elle en devient presque rassurante.

Tous les gens autour de lui semblent glisser dans la vie sans souci. Traversant leurs journées ordinaires comme si tout allait sur des roulettes. N'ont-ils donc aucune idée de la détresse et des épreuves que peuvent connaître leurs congénères ? En fait, il se rend compte que lui-même n'y a jamais accordé aucune importance et décide de passer l'éponge.

Quelqu'un le bouscule et il fait un bond en arrière, brandissant le poing.

— Qu'est-ce vous foutez, bordel ? braille une petite vieille à l'air affable.

Sympa. Même les anciens l'envoient sur les roses. Remo essaie de se contenir, tandis qu'elle continue son chemin en le traitant dans sa barbe de sale enfoiré. Charmante dame. Fendant la foule, Remo entre dans un immeuble puis se dirige vers l'étage où est installé son cabinet. Le cabinet des Dieux. C'est à peine s'il accorde un regard aux collègues qu'il croise. Deux ou trois tentent un bonjour. Il se mord la langue pour ne pas leur dire d'aller se faire foutre. En temps normal, Remo a horreur des jacasseries matinales, et aujourd'hui, elles l'intéressent encore moins. Il se dirige vers un bureau d'angle, mû par un seul objectif.

Entre dans sa forteresse de solitude, referme la porte derrière lui. Démarre son ordinateur portable tout en sortant plusieurs dossiers d'un meuble classeur. Remo fouille parmi les photos de visages qui lui sont désormais familières. Clichés pris sur le vif, photos d'identité judiciaires, et autres, de Dutch, de Lester, des Mashburn et d'une brochette de connards de tout acabit se livrant à des activités douteuses. L'un des clichés montre des hommes armés et masqués en train de braquer une banque ; au-dessous, une photo de groupe de la bande, dont on pourrait presque faire une carte de Noël. Les photos suivantes montrent un hall de banque complètement dévasté par les tirs ; elles proviennent de vidéos de surveillance.

Mares de sang.

Silhouettes délimitées au ruban adhésif.

Certaines de très petite taille.

Remo se tourne vers son ordinateur, fait défiler une suite apparemment sans fin de PDF juridiques et de documents, avant de s'arrêter sur un fichier vidéo. Remo s'adosse à son siège. C'est celui qu'il cherche. Celui qui lui glace les veines. Sachant ce qu'il contient, il hésite à l'ouvrir. Il aurait préféré ne jamais l'avoir vu. Mais il doit le regarder à nouveau. Il clique.

Le hall de banque apparaît à l'écran, filmé par une caméra de sécurité.

Tout est calme, au début ; les gens vaquent à leurs affaires. Le regard de Remo se pose sur une jeune mère tenant son nouveau-né. S'il pouvait la prévenir. Sauvez-vous ! Barrez-vous d'ici, madame ! Évidemment il est trop tard. Cinq hommes en cagoules de ski font irruption dans la banque, armés jusqu'aux dents, et l'enfer ouvre ses portes.

La bande des Mashburn qui tape l'incruste.

Le regard de Remo ne quitte pas la mère et son enfant. Il connaît la suite. Elle le dégoûte. Ce qu'il a vu le dégoûte. Pas seulement ce qu'il vient de voir, mais aussi ce qu'il a vu et défendu toutes ces années. Il est pris d'une nouvelle nausée, mais cette fois, ce n'est plus à la pensée des tueurs à ses trousses. Il est écœuré à l'idée qu'il défende ces gens. On l'a payé grassement pour défendre ces gens.

Quel genre de type peut accepter de faire ça ?

Lui.

Le mélange assourdissant de cris et de détonations ramène son attention sur l'écran. Il ferme les yeux et se bouche les oreilles pour tenter de repousser les visions et les sons abominables de violence gratuite. Il y a beaucoup de choses atroces sur cette vidéo. Des choses qui ne s'effacent pas.

Remo s'envoie un comprimé.

Ferme son ordinateur d'un coup.

Sort son iPhone et clique sur la photo d'un garçonnet de trois ans.

Sean, au parc.

Remo débarque dans le bureau de Victor – un lieu qui annonce clairement que c'est ici que le boss travaille. Le terme "environnement de travail agréable" est un euphémisme. Victor, vieux beau et ténor de la défense, est assis derrière son bureau, au téléphone, administrant une raclée en règle à son interlocuteur. Le vieux renard malaxe les mots tel un tigre jouant avec une pelote de laine.

— Peut-être a-t-il réduit ce bâtiment en cendres, peut-être pas. "Incendie criminel" est un terme trop fort pour être employé à la légère…

Remo attrape le téléphone et raccroche. On pourrait penser que Victor le prendrait mal, mais non. En meneur efficace, Victor sait qu'on ne traite pas tous les individus de la même manière. Si vous lui rapportez, vous avez droit aux bénefs. Sinon, vous avez droit à un coup de pied au cul. Remo a droit aux bénefs et au bénéfice du doute qui va avec.

— Bon Dieu de merde. On te croirait sorti du trou du cul d'une chèvre.

Remo referme la porte, commence à baisser les stores.

— Qu'est-ce que tu fabriques ? demande Victor.

Remo fait les cent pas dans le bureau.

— J'ai besoin d'aide.

— Sans blague ?

— On cherche à me tuer.

— Qui ça ?

— Une équipe de braqueurs, il y a quelques années de ça.

Victor se gratte la tête.

— Je ne vois pas.

— Les frères Mashburn.

Aucune réaction de Victor.

Remo explique :

— L'aîné s'appelle Dutch, légères tendances violentes. Le fils de pute du milieu, c'est Ferris, un calme olympien mais méchant comme une teigne. Enfin, il y a le petit cinglé qu'ils surnomment Chicken Wing.

— Ah, d'accord. Je vois.

— Leur chauffeur pour le braquage, un certain Lester, est venu me voir hier soir.

— Tu as perdu le procès.

Victor aime bien Remo, mais même vos meilleurs employés doivent être de temps en temps renvoyés face à leurs échecs. Victor se rappelle avoir lu cela un jour dans un livre, au cours d'un vol interminable.

— Grosse perte. C'était pourtant dans la poche, si ma mémoire est bonne.

Victor se lève. Remo le suit dans le couloir et ils continuent leur discussion à travers l'étage grouillant d'activité. Remo ne peut s'empêcher d'être contrarié par le tour que prend la conversation.

C'est vrai, quoi. Je viens de te dire qu'on cherchait à me faire la peau, espèce de salopard sans cœur.

Au lieu de cela, il se borne à un :

— Je sais, Victor, mais…

Victor le coupe.

— Ça a fait couler beaucoup d'encre. Pas en notre faveur.

— Ils croient que j'ai fait exprès de perdre le procès.

— Et c'est le cas, connard ?

— Non, bien sûr que non. Ils sont aussi persuadés que j'ai volé l'argent du braquage.

Victor se fend d'un large sourire. Il demande à voix basse, sur le ton de la confidence :

— Et c'est le cas, connard ?

— Non. En mars prochain, mon salaire annuel passera à sept chiffres. Quelle raison j'aurais… ?

— T'énerve pas. Je demande, c'est tout.

— Qu'est-ce que tu voudrais que je fasse de tout ce fric ?

Victor presse le bouton de l'ascenseur et répond, l'air songeur.

— Oh, j'en sais rien… te payer des bouteilles et des cachetons ? Des putes ?

— Victor, je crois vraiment qu'ils vont chercher à me tuer.

Victor s'arrête, essaie de prendre un air soucieux.

— T'es allé voir les flics ?

Remo n'en croit pas ses oreilles.

— Désolé, dit Victor en riant. Ils seraient capables de faire le boulot eux-mêmes.

— J'ai besoin d'une protection.

— Appelle Hollis.

— Tu as bouffé un putain de clown au petit déj ?

— C'est le mec le plus coriace que je connaisse.

— On n'est pas exactement meilleurs potes ces derniers temps, rappelle Remo.

Les portes de l'ascenseur s'ouvrent et ils rejoignent les employés des étages supérieurs dans la cabine bondée. Remo et Victor se faufilent jusqu'au fond. La plupart des gens penseraient qu'une cabine d'ascenseur n'est pas l'endroit le plus indiqué pour discuter d'un tel sujet, mais Victor et Remo ne sont pas la plupart des gens. Victor continue.

— Fallait s'y attendre, quand on baise la bonne femme d'un tueur à gages. Non, excuse-moi, *les* bonnes femmes.

— Je m'en suis seulement tapé une, rectifie Remo.

Les yeux des autres occupants de la cabine alternent entre le plafond et leurs chaussures. Fatigué de tourner autour du pot, Remo demande :

— Écoute, Victor. Schmidt a bien eu recours à une agence de gardes du corps il y a deux mois, non ?

— Oui. Une embrouille entre gangs partie en eau de boudin. Il a eu besoin qu'on surveille ses miches. Je lui ai dégoté cette boîte de sécu. C'est censé être la meilleure de Manhattan. Schmidt est toujours en vie, donc…

— Oui, voilà. Ceux-là. Mets-moi en rapport avec eux.

Victor le gratifie d'un haussement de sourcil.

— Quoi ? s'exclame Remo. Tu attends que je dise s'il te plaît, connard ?

Regain de regards embarrassés de la part des autres occupants de l'ascenseur.

Victor se frotte les doigts l'un contre l'autre.

— C'est pas gratuit, rigolo.

— Attends, tu te fous de ma gueule ? Combien je t'ai rapporté l'année dernière ? Et le mois dernier ? Merde, et la semaine dernière... ?

— C'est bon. Arrête un peu de chouiner. (Victor sort son Blackberry, cherche quelque chose.) N'empêche que Hollis reste ta meilleure chance.

Il envoie un texto sur le téléphone de Remo, qui se met à vibrer. Remo regarde son écran de mauvais gré et y lit : "HOLLIS" suivi d'un numéro. À le voir regarder son portable, on croirait que Victor vient de lui envoyer une photo de sa mère à poil.

— Il t'aimait bien, rappelle Victor. Démerde-toi pour qu'il t'apprécie à nouveau.

L'ascenseur atteint l'étage de sa destination et Victor se fraie un passage pour sortir.

— Est-ce qu'on peut discuter franchement une minute ?

Remo se décompose. Si c'est le seul moyen.

— Tu as tes démons. Je le sais, et ça me va, parce que tu as toujours assuré. Mais quand un criminel cinq étoiles comme Crow, qui a la manie de tuer des putes, vient me voir et me dit qu'il s'inquiète à ton sujet... Nom d'une putain de pipe en bois, ça devrait te faire réfléchir. Voire même te pousser à te mettre au sec un temps...

Remo peine à croire ce qu'il entend.

— Ça me touche, patron, mais pourrais-tu m'obtenir ce garde du corps avant que ces animaux me bouffent le cœur, maquillent mon cadavre et en fassent leur petite amie ? Aurais-tu l'obligeance de passer ce putain de coup de fil ?

En réponse, les portes de l'ascenseur se referment sur son nez.

13

Remo est installé dans un pub irlandais face à un type austère bâti comme une armoire. Son nouveau garde du corps. Il s'appelle Seck. Ils sont assis dans un silence pesant tandis que l'endroit grouille d'effervescence.

Remo tente une question anodine pour briser la glace.

— Alors vous êtes de New York ?

— Oui.

Visiblement Seck préfère la glace en un seul morceau.

— Moi je suis du Texas. (Regard inexpressif de Seck.) Une petite ville dont vous n'avez sans doute jamais entendu parler.

Aucune réaction.

Remo s'échine comme un beau diable.

— Un tout petit patelin.

Seck se décide finalement à répondre.

— Monsieur Cobb…

— Merci mon Dieu. Il parle !

— Votre cabinet me paie pour assurer votre protection. Vous tenir à l'écart du danger.

C'est bien ça.

— Pour que vous restiez en vie.

— C'est un minimum.

— Bon. C'est le boulot d'un garde du corps. On garde des corps. On n'est pas des escorts. Vous n'êtes pas à un rendez-vous galant. Si vous vous sentez seul, appelez quelqu'un d'autre. C'est clair ?

Remo sourit.

— Lumineux.

— Magnifique.

Seck et Remo poursuivent leur conversation sur les trottoirs de Lower Broadway. Le client et son nouveau garde du corps fendent et contournent les foules des rues new-yorkaises.

— Alors en quoi consiste la menace envers votre personne ? se renseigne Seck, scrutant les visages en quête de prédateurs, vérifiant les reflets dans les vitrines, toujours sur le qui-vive.

Remo essaie d'expliquer.

— Pour faire court, il y a une poignée de types en ville qui cherchent à me tuer.

— Ça arrive.

— Ouais, eh bien pas à moi. Je veux dire, bien sûr, il y a une quantité de gens sur cette terre qui se fichent complètement de mon sort, mais ils ne cherchent pas à me tuer. Pas au sens propre, vous comprenez ? Et même parmi ceux qui ont caressé l'idée de me tuer, aucun n'a poussé la malveillance jusque-là. Mais je tiens l'info de source sûre qu'il existe un degré de menace particulièrement élevé. Je suis certain que quelqu'un va tenter de m'éliminer dans un avenir très proche.

— Quelle source ?

— Le cinglé de Dieu qui s'est fait descendre, répond Remo d'un ton aussi détaché que possible. La plupart des gens apprennent qu'ils vont mourir de la bouche d'un toubib qui commence son annonce par : "Vous souffrez d'une maladie horrible." Moi, j'ai eu droit à : "Des meurtriers psychopathes vont venir vous tuer", jeté au visage par un ex-détenu néodisciple du Christ qui s'est fait transformer en passoire pendant qu'il se goinfrait de riz frit – *mon* riz frit, en fait.

— Vous n'avez plus à vous inquiéter, monsieur Cobb.

— Allons bon. Je peux bien m'inquiéter un peu tout de même. Qui ne s'inquiéterait pas si des types cherchaient à le tuer ?

Seck s'arrête au milieu du trottoir et adresse à Remo un regard solide et rassurant.

— Monsieur Cobb, je suis le meilleur dans mon domaine.

Remo se détend un peu, fortifié par le calme et l'assurance qui se dégagent de cet homme. Il savoure ce sentiment de sécurité

– cette impression qu'ont la plupart des gens, durant toute leur vie ou presque, qu'ils peuvent vaquer à leurs activités quotidiennes sans avoir rien à craindre –, qu'il avait toujours pris pour acquis. Jusqu'à aujourd'hui. Il laisse ce sentiment grandir en lui, s'enraciner.

Dans un craquement macabre, un morceau de la tête de Seck éclate.

Comme une fleur décapitée, le nouveau garde du corps de Remo se fane sur le béton. La foule crie et se disperse comme une volée de perdrix ; la rue n'est plus qu'une onde chaotique de bousculades. Remo plonge au sol, la peur traversant chaque fibre de son corps.

Aucun signe du tireur, rien que des gens apeurés cherchant à sauver leur peau. Remo se redresse, prêt à se joindre à la ruée, lorsqu'il aperçoit un homme sur le trottoir d'en face. Il se fige.

Ai-je déjà vu ce mec auparavant ?

Peut-être… Putain, oui ou non ?

Remo n'arrive pas à remettre son visage. Évidemment, la dernière fois qu'il l'a vu, il faisait sombre et le type portait une mauvaise barbe postiche, des lunettes noires et un sweat à capuche.

Chicken Wing reste immobile parmi les flots de passants pris de panique. Son regard est braqué sur Remo. Un sourire à vous glacer les veines lézarde ses lèvres tandis qu'il adresse un coucou à Remo.

Le sang de Remo ne fait qu'un tour tandis que l'homme s'élance vers lui. Chicken Wing avance en ligne droite à travers la cohue tel un aileron de requin fendant les flots.

Remo se met à courir, talonné par Chicken Wing.

Chicken Wing adore ça, quand ils courent.

S'éloignant de la foule, les deux hommes se faufilent entre les taxis, les limousines et les camionnettes de livraison englués dans les embouteillages. Remo passe comme une flèche devant l'un des rares véhicules en mouvement, un taxi, qui pile, à deux doigts de lui emporter la jambe. Remo saute et roule sur le capot, heurte du dos le pare-brise, avant de retomber sur ses pieds de l'autre côté du taxi.

Concert de Klaxons.

Volées d'injures.

Chicken Wing est toujours à ses trousses.

Remo entre dans le grand magasin Macy's, essaie de se mêler aux clients le temps de reprendre son souffle. Il jette un regard par-dessus son épaule ; l'homme n'est plus là. Remo souffle un instant, essaie de se ressaisir.

Chicken Wing franchit les portes du magasin comme un fou ; son regard de dément fouille le rez-de-chaussée à la recherche de son camarade de jeu forcé. Remo s'élance avec toute l'énergie dont il dispose dans le premier escalator qu'il trouve, Chicken Wing à nouveau sur ses talons.

Premier étage. Remo s'ouvre un passage à coups de coude à travers le rayon de vêtements de sport pour femmes, sans ralentir ni regarder derrière lui. Les veines chargées d'acide, il fonce vers une porte de sortie et débouche sur un escalier réservé au personnel, descend les marches quatre à quatre. Ses poumons sont en feu, mais il continue et court vers l'issue de secours bardée d'avertissements. Remo pousse la porte dans un hurlement d'alarmes et bondit dans la rue tel un boulet expulsé d'un canon. Il court comme un dératé sans savoir où il va, il sait seulement qu'il ne doit pas s'arrêter. Le sentiment de sécurité dans lequel il baignait quelques minutes plus tôt s'est évaporé aussi soudainement qu'il était venu.

Apercevant un taxi qui s'engage dans la circulation à quelques mètres, il s'élance, frappant sur le toit, tapant sa paume contre la vitre, jusqu'à ce que le chauffeur s'arrête.

Remo s'engouffre à l'arrière, complètement débraillé. À peine a-t-il marmonné : "N'importe où" au chauffeur que la portière s'ouvre. Son cœur manque d'exploser dans sa poitrine lorsqu'il voit Chicken Wing s'installer à côté de lui.

— Ça vous dérange si on partage la course ? J'ai un avion à prendre, lance Chicken Wing avec un sourire de jubilation.

Remo reste muet.

Le taxi démarre.

14

Le taxi louvoie péniblement à travers les rues bondées de New York, slalomant parmi les véhicules et les piétons qui ignorent tout de la situation en train de se jouer sur la banquette du taxi.

Remo vit sans doute le moment le plus effrayant de toute son existence. Certes, il a côtoyé un bon nombre d'individus déplaisants dans sa carrière, mais pas dans de telles circonstances. Partager un taxi avec un psychopathe qui vient de tuer deux personnes et qui a prévu de lui faire la peau, ça entre au moins dans le top trois.

Le trajet se poursuit en silence, entrecoupé seulement des halètements de Remo qui peine à reprendre son souffle. Ses yeux guettent activement un moyen de s'échapper. Chicken Wing ramasse un exemplaire du *New York Times* à ses pieds. Leurs regards ne se croisent pas. Remo a du mal à se ressaisir.

Chicken Wing brise le silence :

— Vous allez où ?

La question laisse Remo incrédule, mais il répond néanmoins :

— N'importe où.

— Ça doit être chouette d'avoir ce genre de liberté. (Chicken Wing pose le journal et se rapproche de Remo – une proximité dérangeante.) C'est plus de liberté que t'en as laissé à mon frangin.

Remo a un mouvement de recul.

— Ne vous approchez pas de moi, putain.

— Je dis ça je dis rien.

Chicken Wing retourne à son journal.
— Qui êtes-vous ?
— Tu me connais, mec.
— Désolé, je ne vois pas.
— Ma famille et mes potes m'appellent Chicken Wing, mais pour toi, ça sera Monsieur Mashburn avec un grand M.
Le sang de Remo se fige dans ses veines. Il a vu des photos de l'homme, entendu parler de lui, mais n'a jamais eu le déplaisir de rencontrer M. Chicken Wing Mashburn en chair et en os.
Le chauffeur jette un coup d'œil dans son rétroviseur ; le tour que prend la conversation ne lui plaît pas.
— Tout va bien derrière ?
Chicken Wing répond :
— Ça roule, mec. On est acteurs. On fait de… merde comment qu'on appelle ça déjà, putain ? De l'impro. Comment tu trouves mon partenaire ? Il est bon, non ? On jurerait qu'il flippe sa race, pas vrai ?
Le chauffeur jauge les deux hommes.
— Ouais. Vous êtes plutôt bon, chef.
Remo en a assez de Chicken Wing et de ses conneries, de son impro.
— Je ne sais pas ce que vous voulez mais…
— Oh, rien de spécial. Juste le fric que tu nous as piqué. Si tu nous le files pas, on t'arrache la tête. Et les couilles.
Remo frappe sur la cloison qui les sépare du chauffeur.
— Arrêtez-vous.
Le chauffeur ralentit. Chicken Wing n'a pas envie de mettre un terme à la conversation. Il frappe à son tour sur la vitre, plus fort.
— Continuez de rouler, mon brave. Merci. (Il se tourne vers Remo.) Tu peux pas y échapper. Tu peux essayer, mais on te retrouvera.
Il montre son .357.
— Je n'ai pas fait ce que vous croyez.
— Ah non ? Creuse-toi bien la tête. Moi je suis sûr que si.

— Je n'ai pas votre argent et je n'ai aucun pouvoir sur le fonctionnement de l'ordre judiciaire. Le juge a rendu… — Pas besoin de sortir les grands mots, mon pote.

Remo cherche désespérément quelque chose à dire.

— OK. Écoutez, c'était pas censé se passer comme ça. J'ai commis des erreurs.

Chicken Wing pince la joue de Remo.

— On est bien la somme de nos erreurs, non ? Dutch arrête pas de dire ça. Lester aurait pas dû venir te parler, et ce garde du corps avait rien à foutre là.

Il lâche la joue de Remo et lui assène une tape qui laisse une marque rose derrière elle.

Lester ?

Remo réalise soudain que Chicken Wing et le type au sweat à capuche ne font qu'un. Il visualise Chicken Wing avec une fausse barbe et des lunettes noires, se remémore le déchaînement de violence inconsidérée. L'image de Lester pivotant sur lui-même comme une toupie sanglante dans le restaurant chinois est désormais parfaitement nette dans sa mémoire.

Remo tremble de tout son corps.

Le chauffeur de taxi lance un nouveau coup d'œil dans le rétroviseur.

— Vous jouez vraiment bien.

Les yeux de Remo zigzaguent en tout sens, parcourant les rues au dehors.

Qu'est-ce que je fais ?

Soudain, le taxi pile à quelques centimètres du pare-chocs d'un camion de livraison ; le chauffeur agacé frappe sur son volant.

C'est maintenant ou jamais.

Remo ouvre la portière et bondit dans la rue, bras et jambes s'activant comme des pistons. Il slalome entre les gens qui encombrent les rues sans jamais s'arrêter, les pâtés de maisons défilant à toute allure. Au terme d'un sprint effréné, il parvient jusqu'à son immeuble, traverse le hall à toute allure et grimpe les marches quatre à quatre jusqu'à la porte de son appartement.

Il descend un sac de voyage en cuir d'une étagère et le remplit à la va-vite, comme un braqueur de banque vidant une chambre forte, entassant les affaires sans réfléchir ni planifier : chaussettes, sous-vêtements, brosse à dents, cotons-tiges… tout ce qui lui tombe sous la main. Ratissant la penderie, il décroche plusieurs costumes à dix mille dollars de leurs cintres et les balance par terre comme s'il s'agissait de T-shirts achetés en solde l'été dernier. Derrière le dernier costume apparaît un large coffre intégré au mur.

Remo tape le code sur le clavier digital et la porte s'ouvre avec un cliquetis.

À l'intérieur, une jolie pile de billets. Jolie, certes, mais loin d'avoisiner les trois millions deux qui mettent les frères Mashburn dans tous leurs états. À vue de nez, quelques milliers de dollars, pas plus.

Remo réfléchit. Il pose un long regard pensif sur sa fenêtre de chambre brisée lors de sa récente expérience avec une arme à feu. Ouais, ça n'a pas été brillant. Mais c'est le genre de situation où il vaut mieux être un idiot bien armé qu'un cadavre sans arme. Remo ouvre le tiroir de sa commode, attrape le Glock et le fourre dans le sac.

Sac sur l'épaule, il descend au parking souterrain de l'immeuble. Des habits dépassent du sac mal fermé et plein à craquer. Il le balance sur le siège passager et s'installe au volant de sa Mercedes CL600. Pousse le bouton de démarrage, passe le levier en position marche et démarre à toute berzingue, la CL600 mordant le coin du mur en quittant le garage.

Remo fonce dans les petites rues à tombeaux ouverts, slalomant comme un fou dans la circulation – conduite agressive dans toute sa splendeur. À côté de lui, les taxis new-yorkais semblent se traîner comme des vieilles sous anxiolytiques.

La Mercedes file sur le pont de Brooklyn, doublant les autres voitures à toute allure comme si elles étaient à l'arrêt. La nécessité de fuir et l'instinct de survie sont ses seules préoccupations tandis qu'il tapote nerveusement sur le volant en jetant des coups d'œil répétés dans les rétroviseurs. Dans cette mise en pratique du principe de fuir ou lutter, fuir a gagné haut la main. Remo en est réduit à suivre son seul instinct, et son instinct lui gueule de foutre le camp.

Alors qu'il arrive au bas d'une bretelle de sortie, le feu passe au rouge et Remo s'arrête. Lentement mais sûrement, il retrouve une respiration normale. Il est toujours à cran, mais un peu plus calme. Il dispose maintenant d'un peu de temps devant lui pour décider de ce qu'il va faire. Il tente d'y réfléchir, mais ses pensées partent littéralement en couille.

Qui peut m'aider ?

Son esprit s'échappe…

Remo attrape son iPhone et pianote jusqu'à trouver ce qu'il cherche : une vidéo qu'il a prise de Sean jouant dans le parc.

Ses yeux fixent l'écran, comme s'il voulait le traverser. Il voudrait sauter dans la vidéo et regagner cet endroit – cet endroit qu'il a abandonné.

Remo a presque envie de caresser du doigt les cheveux du garçonnet sur l'écran, mais il s'arrête. L'enfant déborde de vitalité, respire la joie de vivre, aucune haine, aucune colère. À quoi ça ressemble ? se demande-t-il. Il n'a aucun souvenir d'avoir ressenti un tel état. Peut-être parce qu'il ne l'a jamais connu. Le voilà transporté dans un autre monde, un monde meilleur, où les choses ont un sens. Ce monde-ci n'en a aucun. Il n'en a pas et n'en a jamais eu. Le monde de Remo n'a aucun sens.

Le feu passe au vert et Remo déplace son pied vers la pédale d'accélérateur quand…

Smash !

La vitre conducteur explose sous l'impact d'une barre de fer.

Dans la fraction de seconde qui suit ce moment de choc incompréhensible, Remo sent un poing s'écraser sur sa mâchoire. Il reçoit un second coup à la mâchoire, puis un troisième qui lui fait voir trente-six chandelles. Un mélange de salive et de sang gicle. La main l'attrape par la veste pour le tirer hors de la voiture. Mais la ceinture de sécurité l'en empêche et le ramène à chaque fois contre le siège.

Remo remercie le ciel.

Un couteau tactique entre dans son champ de vision, coupant la sangle. En quelques secondes, la portière s'ouvre et Remo est jeté sur la chaussée, il roule sur le béton. Il essaie tant bien que mal d'accommoder sa vision… et le regrette aussitôt.

Au-dessus de lui, il reconnaît Chicken Wing, un .357 à la main. L'arme n'est pas pointée sur Remo, même si rien ne plairait tant à Chicken Wing que d'exécuter cet enculé sur-le-champ. Mais non, pas encore. Il tient l'arme par le canon.

Comme une arme contondante.

Remo sait ce qui l'attend au moment où il marmonne :

— Sean…

Chicken Wing lui assène un coup de la crosse de son .357 sur la tête.

TROISIÈME PARTIE

(Je vis un rêve)

15

Ce n'est pas du sommeil REM.

Ce n'est même pas du sommeil à la REMO.

C'est ce qui arrive après qu'un gars nommé Chicken Wing vous a passé à tabac.

Pas de place pour le rêve. Pas de cul, pas de nichons, et pas question non plus de parties de jambes en l'air aériennes avec une nana bleue. Juste une masse de néant enflée et pâteuse.

Un sandwich de méninges à la merde.

S'il existe un état intermédiaire entre la veille, le sommeil et la mort… il s'y trouve.

Remo perd et reprend connaissance une poignée de fois. Il se voit être balancé dans un coffre et atterrir sur une roue de secours. Vague souvenir de n'avoir pas aimé. Plus tard, une lueur rouge, celle de feux stop sans doute, qui s'allume et s'éteint tandis qu'il roule sur lui-même comme un sac de pommes de terre.

En dehors de ces joyeusetés, tout ce que Remo sait, c'est qu'il a l'impression qu'on a jeté son crâne dans un trou, et que, tout au long de sa chute, des goules et des diables lui crachaient dessus.

Il garde aussi le souvenir flou de Chicken Wing hurlant contre lui et se rappelle avoir noté que ce dernier y prenait vraiment beaucoup, beaucoup de plaisir. Il lui tarde que Johnnie Blue le débarrasse de cette vision. Enfin, encore faut-il qu'il revoie un jour son bon copain M. Blue, ou son cocktail de R&B préféré.

Pendant l'un de ses brefs accès de conscience, Remo croit qu'il va mourir. Durant une fraction de seconde, avant de sombrer de nouveau, il a la certitude que Chicken Wing va le découper en morceaux et éparpiller ses restes à travers la ville.

Ses paupières s'alourdissent.

Ses yeux se retournent.

Retour au noir.

Reconnexion. Il se rappelle avoir lu dans les dossiers des Mashburn quelque chose au sujet d'un kidnapping. Ils avaient chopé un témoin, un chauffeur de taxi qui avait dit ce qu'il ne fallait pas – la vérité. Après l'avoir découpé à la hache, ils avaient donné ses morceaux – os, tripes, organes, etc. – à manger à des cochons, quelque part dans le sud.

La Georgie peut-être, ou l'Arkansas.

Heureusement, Remo ne reste pas conscient tout au long du trajet. Il en remercie le bon Dieu. Non pas qu'il soit particulièrement pieux, mais à qui d'autre voulez-vous qu'il s'adresse ? Il préférerait ne pas voir la hache s'abattre sur lui. Et aussi éviter de servir de casse-croûte aux cochons… En fait, il préférait de loin se réveiller un peu plus tard, au paradis.

Eh oui.

Remo pense avoir sa place au ciel.

Et si vous n'êtes pas d'accord, allez vous faire foutre.

Il sent la voiture qui ralentit. Son esprit se brouille, hurle dans son crâne. S'il vous plaît, faites que je retombe dans le coaltar.

Les freins crissent et l'intérieur du coffre s'éclaire de rouge tandis que la voiture s'arrête complètement.

Le cœur de Remo s'emballe, s'arrête plusieurs fois de battre, fait un boucan de tous les diables dans sa poitrine. Il manque d'air. Sa bouche s'assèche.

Il ne saurait dire si c'est dans sa tête ou s'il crie à pleins poumons, mais le message est clair : Pitié. Aidez-moi. Faites que je m'évanouisse à nouveau.

16

Un œil à vif, gonflé comme un hamburger essaie de s'ouvrir. Lorsque finalement il y parvient, des toiles d'araignée rouges ornent sa partie blanche.

Remo se trouve dans un environnement familier; une des chaises rigides de sa salle à manger. Son visage est en compote. Son corps amorphe pendouille au dossier comme du linge sale de célibataire. Il jette un regard autour de lui, pas très sûr de savoir comment il est arrivé ici. Il se redresse et scrute son appartement en grimaçant. Même ses cheveux lui font mal. Tout est à sa place, rien n'a été bougé, tout est tel qu'il l'a laissé. La porte d'entrée est fermée.

Le sac de voyage en cuir qu'il a préparé est à ses pieds. Même sa batte de base-ball est toujours posée contre lui, entre ses bras. Remo aperçoit sa bouteille de scotch habituelle, un verre rempli sur la table devant lui.

L'espace d'un moment, il se dit que tout ça n'est peut-être pas réellement arrivé. Comme dans les films. C'était un rêve, ou bien il est mort – enfin, non, pas ça, mais quelque chose de cet ordre. Ce serait génial, non? Si toute cette merde n'était qu'un immense canular que son esprit lui jouait. Ou peut-être qu'il a reçu trop de coups et que son cerveau s'est retrouvé comprimé dans un coin de sa tête. Peut-être qu'il a trop forcé sur la bouteille? Ce ne serait pas la première fois. Ou qu'il s'est planté dans le dosage de son R&B et s'est assoupi. Il y a longtemps que ça n'est pas arrivé, mais ce serait plausible. Ces pensées le rassurent, jusqu'à ce qu'il soulève la batte posée sur sa poitrine et trouve un mot épinglé à sa chemise.

La bulle de soulagement lui explose à la gueule tandis qu'il arrache le mot. Son sang ne fait qu'un tour quand il le lit. Ses mains tremblent, son œil indemne tressaute. L'écriture et l'orthographe sont identiques à celles du précédent message : *Je t'avez dit de pas courir conasse.*

Remo bondit, sous une violente montée de panique. La chaise voltige contre le mur du fond, un tableau hors de prix s'en décroche et tombe sur le parquet en cassant le verre.

Remo empoigne la batte et fouille l'appartement.

Court dans sa chambre, ouvre la porte de la penderie. Vide.

Entre dans la salle de bains, tire le rideau de douche. Personne.

Il regagne le salon et traverse la pièce d'un pas trébuchant. Ses yeux s'enfoncent dans ses orbites. La tension s'abat sur lui, il s'adosse contre le mur, se laisse glisser jusqu'au sol et se recroqueville. Il est à deux doigts de l'effondrement. Mais il lutte. Ses options sont toutes merdiques ; et sa vie l'est tout autant.

Remo aperçoit son iPhone par terre. Il gît là, l'air moqueur, l'implorant de passer l'appel. Le choix s'impose à lui avec une violence presque physique.

Remo retrouve le texto que Victor lui a envoyé – celui qui contient les coordonnées de Hollis. C'est bien le dernier coup de fil qu'il souhaite passer, mais il s'y résigne néanmoins. Un peu comme appeler vos parents pour leur emprunter l'argent du loyer après que vous avez tout claqué en alcool, ou supplier votre femme de vous accorder encore une dernière chance. Ou demander à quelqu'un à qui vous avez fait du tort de vous sauver la vie.

Remo compose le numéro. Chaque sonnerie est comme la mâchoire d'un étau qui se resserre sur ses testicules.

Finalement, sa bouteille à la mer obtient une réponse.

Une voix forte. Juste un mot. Mais empreint d'un ton, d'un calme qui dit tout sans rien trahir. La voix de Hollis.

— Allô.

Remo n'a aucune idée de comment engager la conversation ; le seul son de la voix de Hollis lui donne envie de mouiller son pantalon et de se cacher sous la table.

— Allô… répète Hollis.

Pas le choix. Remo ravale sa peur :

— Hollis, c'est Remo.

Silence assourdissant à l'autre bout.

— Hollis, c'est Remo. Je ne sais pas quoi dire, mais j'ai vraiment besoin que tu m'accordes un instant…

Clic. Hollis a raccroché.

Le visage de Remo perd le peu de couleur qu'il avait conservé et devient blanc comme un linge tandis que ses pensées font des sauts de cabri sous son crâne. Il se balance d'avant en arrière, prend son visage dans ses mains. Puis les écarte et rampe aussi vite qu'il peut jusque dans la salle de bains.

Il se jette sur la cuvette des toilettes, soulève le rabat et vomit violemment. Le genre de nausée qui ne survient que très rarement, lorsque l'on sait avec certitude qu'on va mourir d'une manière atroce. Que c'est entièrement par votre faute, et que les choses auraient pu prendre un tour très différent, si seulement… si seulement.

Putain.

Remo s'écarte de la cuvette, attrape une serviette.

S'essuie le visage et lâche un rire hors de propos.

Le vomi de l'homme mort, songe-t-il avec ironie tandis qu'un élancement transperce toutes les fibres de son corps.

Ses traits se durcissent devant la froide réalité de sa situation.

Je suis un homme mort.

17

La dernière chose dont Lester se souvient est qu'il savourait une poignée de ce délicieux riz frit. Puis il y a eu le craquement familier d'une arme à feu, le verre qui éclate, les cris, puis le noir. Avec le recul, il voit des lumières briller par intermittence. Un trajet en ambulance. Le souvenir flou d'être poussé dans un couloir par une armée de gens. Des phrases et des mots comme "S'en sortira pas" et "Foutu" balancés autour de lui.

Il ouvre les yeux et regarde autour de lui. Constate qu'il se trouve dans une chambre d'hôpital.

Dieu les bénisse.

Il s'en est sorti.

Lester balaie la pièce du regard. Il ne veut pas faire de mouvements brusques et risquer d'attirer l'attention ou d'effrayer la jeune femme en train de vérifier ses constantes. Il aperçoit un chariot près d'elle contenant une batterie d'accessoires médicaux. Il ne voit pas bien ce que c'est. Lester trouve la fille jolie, très jolie. L'espace d'un instant, son esprit affaibli reprend son ancienne personnalité. Autrefois, il se serait amusé un peu avec cette jolie petite infirmière. Le Lester d'avant lui aurait fait des choses, même si elle n'avait pas été d'accord. Il est resté longtemps enfermé – longtemps sans toucher une femme.

Il n'est qu'un homme, songe-t-il, et l'homme est né pécheur.

Où est le mal ?

Lester autorise ses doigts à frôler la main de la jeune infirmière. Elle sursaute, plus par surprise, et s'exclame : "Oh mon

Dieu !" Ces mots et la douceur de sa voix recadrent aussitôt Lester dans son nouveau mode de pensée. Comme si des essuie-glace avaient balayé sa psyché corrompue, ses pensées impures sont effacées.

Son esprit s'éclaircit.

Le Seigneur.

Sa nouvelle vocation.

Remo.

Lester descend du lit et retire les tubes de son bras. Il plaque sa grosse main tatouée sur la bouche de l'infirmière. Les yeux de la jeune femme s'écarquillent tandis que la paume de Lester réduit son cri à un murmure sourd. D'un ton doux et rassurant, il lui demande de se taire. Lui assure qu'il ne lui fera pas de mal. Il a juste besoin qu'elle lui procure certaines choses et réponde à certaines questions.

La voix de Lester est chaude et amicale, à peine plus forte qu'un chuchotis.

— Clignez des yeux une fois pour oui, deux pour non. Est-ce qu'il y a un garde devant la porte ?

Les yeux verts clignent une fois.

— Est-ce qu'il est armé ?

Un clignement.

Lester entraîne l'infirmière près des fenêtres pour jeter un coup d'œil à l'extérieur. Elles sont scellées, mais ce n'est pas un problème ; la hauteur, en revanche, si. Sa chambre semble se trouver au deuxième ou au troisième étage. Rien de méchant, mais tout de même quelques mètres. Lester remarque une corniche courant le long du bâtiment ; une benne un peu plus loin en contrebas. Des camions de livraison défilent dans la rue. Il dispose de quelques options. Il verra le moment venu laquelle a le plus de chances de réussir, mais au moins, loué soit le Créateur, il dispose d'options.

Dans le placard, soigneusement pliés, Lester trouve un bas de pantalon de survêtement et un T-shirt blanc uni. Sans doute là pour qu'il puisse descendre chez le kiné à son réveil. Lester s'accorde un moment pour faire un état des lieux personnel. Il n'est pas au meilleur de sa forme, mais il a connu pire.

Il inspecte le contenu du chariot de l'infirmière. Gaze, sparadrap, quelques seringues.

À nouveau, il lui transmet ses consignes d'un ton affable :

— Mettez tout ce qui se trouve sur ce chariot dans le sac-poubelle de la chambre, avec tout ce que vous avez sur vous. Je ne compte pas vous faire de mal, mais je n'hésiterai pas à briser votre charmant petit cou si vous m'empêchez de mener à bien l'œuvre du Seigneur.

Le cœur de l'infirmière s'emballe, et elle atteint un degré de peur qu'elle n'avait jusqu'ici vu qu'à la télé.

Lester continue :

— J'aurais aussi besoin que vous m'aidiez à me changer et à panser mes plaies avant que je parte.

L'infirmière est figée. Terrifiée. Incapable de hocher la tête.

Lester reconnaît ces réactions. Il les a suscitées plus d'une fois par le passé chez des hommes et des femmes. Bien sûr, c'était à l'époque. Il aurait peut-être dû zapper l'avertissement sur le charmant petit cou brisé. Il est encore novice dans les manœuvres qu'impose sa foi nouvelle. Bon sang, c'était plus facile à l'époque. Autrefois, il aurait simplement réglé cette situation à coup de violence. Ç'aurait été rapide et indolore, pour lui du moins.

Mais non. Maintenant qu'il a choisi cette voie, le chemin des justes, il doit prendre le temps de comprendre ce que ressent son prochain. C'est une démarche lente et souvent laborieuse, mais elle aide un homme à rester en phase avec le Seigneur. C'est la voie que Lester a choisie, pour le pire et le meilleur.

Mais merde, c'est duraille.

Lester respire, se ressaisit, et s'adresse à nouveau à la jeune femme.

— Tout se passera bien tant qu'on marche ensemble. Est-ce que vous acceptez de m'aider ? Clignez une fois pour oui, deux pour non.

La jeune femme commence à se calmer. Elle perçoit une lueur dans le regard de l'homme. Elle le croit.

Lester lui adresse un hochement de tête à peine perceptible, comme pour l'influencer, l'aiguiller vers la bonne réponse.

Elle cligne des yeux. Une fois.

Lester a du mal à cacher sa surprise. Ça a marché ? Ce n'est peut-être pas si difficile qu'il le pensait après tout. Une dernière chose avant de s'y mettre.

— J'avais une bible sur moi, dit-il. Vous savez où elle est ?

Un clignement d'yeux.

Brave fille.

18

COMME dans une séquence au ralenti, Remo traîne sa carcasse troublée à travers les rues de New York.

Le reste de la ville file à son rythme effréné habituel, sans prêter attention à ce type incapable de passer la seconde. Les gens le croisent, l'évitent tel le cours d'une rivière contournant un rocher posé sur son trajet.

Remo ne perçoit rien de tout cela.

Il descend l'artère, un bloc après l'autre, cherchant désespérément à échafauder un plan d'action. Fixe les vitrines d'un regard vide. Observe d'un œil vitreux le spectacle des artistes de rue et des sans-abri. Il ne prend même pas la peine de chercher Chicken Wing.

Il sait qu'il est là.

S'il veut me faire la peau, qu'il vienne.

Dans ses errements, il croise un sans-abri tenant une pancarte où il est écrit : LA FIN EST PROCHE. Remo s'arrête, captivé par le message. Il fixe l'inscription d'un regard absent, comme s'il ne la lisait pas vraiment, mais qu'il étudiait l'intérieur de son crâne et avait besoin d'un support où poser ses yeux. Son regard semble vouloir percer la pancarte, pour atteindre un point de son esprit, un coin désespérément petit de l'univers visible de lui seul.

Le sans-abri demande :

— Ça va pas ?

— Non.

— Le monde file tout droit en enfer, mon frère. T'es prêt ?

La question – t'es prêt ? – déclenche chez lui une réaction immédiate.

Un "non !" retentissant. Dans le même temps, Remo se demande pourquoi, à défaut de pouvoir l'empêcher, il ne peut au moins accepter sa propre mort ? Est-ce la bonne façon de voir les choses ? Le bon angle d'approche ? Comme ces films où le personnage apprend qu'il a un cancer ou une autre saloperie et entame un périple qui l'amène à se découvrir lui-même, bla-bla-bla… oui voilà, ce genre-là. Bon alors, effectivement, Remo et la découverte de soi-même, ça fait deux, comme une star du porno et la virginité. D'accord, on ne peut pas remettre le génie dans la lampe, mais Remo décide de le regarder avec un œil neuf.

Je vais mourir. C'est la merde. Et donc ? Comment je vais la jouer ? Par quel bout aborder la chose ?

Ses pas l'ont conduit jusqu'à un café, où il est maintenant affalé dans un box en angle prévu pour six personnes. Une cafetière de café chaud est posée sur la table en acier, sa flasque de Johnnie à portée de main. Des serviettes roulées en boule traînent entre la salière, le poivrier et la tour de confitures. Remo s'attelle fébrilement à écrire quelque chose sur une serviette propre. Il écrit vite, déversant le contenu de son esprit sur le papier, puis s'arrête. Raye tout ce qu'il vient d'écrire et froisse la serviette avant de l'envoyer rejoindre les autres amorces d'idées.

Une jeune serveuse au look de punk-hipster s'approche et verse le reste du café dans sa tasse. Ses bras et son cou sont entièrement recouverts de tatouages. Des sirènes ou ce genre de conneries. Elle pourrait être charmante, mais tout de même, c'est un sacré paquet d'encre. Son nez et ses oreilles ressemblent à une pelote d'épingles.

Voyant qu'il peine à écrire, elle demande :

— Sur quoi vous bossez ?

En guise de réponse, Remo ne dit rien.

Sans se démonter, la fille demande à nouveau :

— On dirait bien que ça vous stresse.

Remo verse un peu du contenu de sa flasque dans le café et remue avec une cuillère pour obtenir le bon mélange. Boit une gorgée, ajoute du sucre. Il préférerait ne pas engager la conversation avec cette personne. Mieux vaut passer le peu de temps qui lui reste sur cette terre à boire.

— Allez, quoi, je suis là depuis trois heures du mat. À part vous, y a pas grand-chose d'intéressant dans le coin.

La serveuse l'implore presque de lui faire la conversation. Remo bout dans son jus. Comme s'il n'avait pas assez d'ennuis, voilà qu'il doit gaspiller les derniers grains restant dans son sablier à divertir cette fille.

Il lâche entre ses dents :

— C'est une liste de trucs que je voudrais faire avant de mourir.

— Oh, mon Dieu. Vous êtes mourant ?

Remo ment.

— Non, non, Grand Dieu, non. Je vais bien. Seulement j'ai vu ce putain de film l'autre soir, vous savez ? Celui où le type dresse la liste des choses qu'il veut faire avant de mourir. Je me suis mis à flipper et ça m'a mis des idées en tête… je rajeunis pas, ce genre de conneries.

— Oh. (Elle réfléchit à la question, se demande ce qu'elle ferait avant de passer l'arme à gauche.) Un lever de soleil en Thaïlande ?

— Non.

— Paris.

— Rien à foutre.

— Plan à trois avec des Blacks ?

— Écoutez, j'apprécie votre aide. Honnêtement. Mais je dispose pas vraiment du temps nécessaire à ce genre de grands projets.

La fille fronce les sourcils, perplexe.

— Vous avez pas le temps ? Vous venez de dire…

— Ce que je veux dire, c'est que le jour où on apprend qu'on va mourir, il ne vous reste plus beaucoup de temps à vivre. En théorie…

Elle comprend.

— Qu'est-ce que vous feriez s'il vous restait seulement… allez, deux jours, peut-être un seul ?

— C'est ça.

— J'appellerai ma mère.

Remo réfléchit. Creuse encore, fillette.

La serveuse ramasse deux des serviettes froissées.

— Bon, qu'est-ce que vous avez noté pour l'instant ?

Remo essaie de l'arrêter.

— C'est juste des notes que j'ai prises.

— Vous avez écrit plusieurs fois : "Rencontrer Sean".

— C'est un brouillon, dit-il en cachant la serviette sur laquelle il écrit.

Remo baisse la tête afin qu'elle ne voie pas les larmes qui se forment aux coins de ses yeux.

— Je vous connais pas, mais il me semble que si c'est la seule chose que vous avez mise sur votre liste, alors vous devriez peut-être aller voir ce mec. Qui c'est, Sean ?

Jamais deux mots n'ont été plus douloureux à prononcer.

— Mon fils.

C'est la première fois que Remo dit cela à quelqu'un. Bien sûr, un tas de gens le savent, mais il n'en a jamais discuté ouvertement avec quiconque. Ni ses amis ni ses collègues de travail ni personne. Sans qu'il sache pourquoi, à ce moment de sa vie, Remo ressent le besoin de s'ouvrir à une parfaite inconnue. Ce sentiment le traverse en un instant.

Sa première pensée est qu'il est en train de perdre la tête.

Que ce moment de faiblesse le ramollit.

Et puis il réalise quelque chose, quelque chose d'évident… de si évident que même cette connasse avec toutes ces merdes agrafées sur la gueule et ces dessins débiles griffonnés sur les bras peut le comprendre.

La serveuse hoche la tête d'un air entendu et décide de partager à son tour.

— Mon père nous a abandonnées quand j'étais petite. Et puis je suis sortie avec un détective privé… enfin, je sortais pas vraiment avec lui, c'était plus pour la baise… Bref. L'année dernière, il a retrouvé mon père et j'ai jamais eu les *cojones* d'aller le voir…

La voix de la serveuse s'estompe dans le bruit de fond tandis qu'elle continue de parler. Pour la première fois, depuis plusieurs jours, Remo parvient à se concentrer – pour la première fois depuis plusieurs années en fait. Il vient enfin d'identifier la réponse à une partie de son dilemme. Les idées s'alignent l'une après l'autre derrière son regard perdu dans le vague.

Il balance quelques dollars sur la table et s'extirpe précipitamment du box. La serveuse est toujours en train de vider son sac quand il pousse la porte du café.

19

REMO arrive devant une tour de bureaux du centre.

Monte et traverse un étage rempli de boxes bourdonnant d'activité, à la recherche d'une certaine personne. L'air hagard, il passe la tête derrière chaque cloison, dérangeant grossièrement les employés robotiques dans leur travail, leurs pauses-café ou leurs escapades de trois heures sur Internet. Quelques-uns s'énervent ; une poignée d'autres sortent carrément de leurs gonds. Une rumeur sourde se répand à l'encontre du visiteur.

Un employé demande :

— Je peux t'aider, mec ?

Remo l'ignore. Des têtes surgissent ici et là, tels des chiens de prairie, pour observer l'origine du trouble.

Remo ouvre la porte des toilettes des hommes.

Puis celle des femmes, où il est accueilli par un cri, suivi de l'inévitable injure : "Connard !".

De l'autre côté de l'étage, Anna regagne tranquillement son box, un café à la main.

Anna est une femme d'une beauté naturelle, auréolée de ce halo de bonheur qui semble émaner d'un petit nombre de personnes. Une aura dont elle fait profiter son entourage. D'autres aussi irradient cette lumière. Ce n'est pas le cas de Remo. D'autres, mais pas Remo. N'allez cependant pas croire qu'Anna a toujours eu la vie rose, loin de là, mais elle a cette capacité de mettre les choses en perspective. Chacun traîne ses casseroles, sa croix et tout ça. Mais Anna sait regarder les choses par le gros bout de la lorgnette ; elle comprend que ses épreuves ne sont rien à l'échelle du monde. Les années lui ont appris à aborder la vie de façon saine. Elle est sûre que le fait d'avoir un enfant l'a aidée à recadrer les choses. Sean est la véritable source de cette lumière.

Malheureusement cette lumière s'éteint subitement quand elle franchit l'angle et aperçoit Remo.

Son regard s'écarquille, puis se durcit à la vue de Remo troublant sa journée de travail. Elle sent son monde qui s'écroule, un sentiment qu'elle n'avait pas ressenti depuis longtemps. Anna ignorait qu'elle avait un côté sombre, jusqu'à ce qu'elle épouse Remo. Bien sûr, Remo était son projet. La plupart des femmes ont un projet – ou plus – qu'elles sont persuadées de pouvoir transformer, convaincues qu'avec la bonne compagne un homme peut changer. Elles sont sûres et certaines qu'il existe un homme bon, vraiment bon, tout au fond, et que les autres gens ne le voient simplement pas comme elles le voient. Parfois elles ont raison.

Ces femmes n'ont jamais eu Remo pour mari.

Dès qu'Anna aperçoit Remo, ses mécanismes de défense se déclenchent. Elle se réfugie derrière la cloison de son box et se baisse, se recroqueville, à mesure que lui parviennent les bruits de Remo en chasse. Elle creuserait un trou sous la moquette de bureau soigneusement choisie si elle le pouvait.

Merde.

C'est sa plus grande hantise : voir ce mec se pointer à son travail. Ce connard ? Ici ? Anna fait rarement usage de grossièretés – elle ne juge pas ceux qui le font, ce n'est juste pas son truc –, mais Remo a le chic pour la transformer en charretière.

Elle se relève, ferme les yeux, et trouve la force de prononcer son prénom d'une voix calme.

— Remo.

Il ne l'entend pas, continue de fouiller l'étage comme un possédé. En quelques minutes, il est devenu la bête noire de tous ses collègues. Elle déglutit, difficilement, puis répète plus fort :

— Remo !

Il s'arrête à quelques rangées d'elle. Le silence tombe sur tout l'étage. Anna rive son regard sur lui.

Remo sait qu'elle n'est pas heureuse de le voir, mais il n'empêche que quelque chose fond en lui. Il a toujours ressenti cela en la voyant. Même quand il merdait, la sensation ne le quittait jamais.

— Anna, commence-t-il. Tu es…

— Quoi ? le coupe-t-elle dans un accès de rage. (S'apercevant que tous ses collègues observent la scène, elle ravale sa colère et reprend.) Qu'est-ce que tu veux ?

— Je peux te parler ?

— Non.

— Je n'en ai pas pour longtemps. Tu pourras me chronométrer. Après, je m'en vais.

Anna préférerait parler à un patient psychiatrique dégoulinant de bave et armé d'une tronçonneuse. Faute de meilleures options, elle indique à Remo une salle de conférences libre.

Remo entre dans la pièce d'un pas trébuchant, poussé par Anna. Dans cette entreprise, l'idée d'une déco chic se traduit par des croûtes aux murs et une longue table vernie entourée de dix fauteuils Herman Miller. Remo aperçoit un écran blanc au fond de la salle et un appareil au plafond prêt à y projeter les prodiges de PowerPoint. Anna claque la porte.

Remo tente une manœuvre d'apaisement :

— Anna. Je me rends compte…

Anna n'a pas envie d'apaisement. C'est une femme dédaignée prête à éclater qui se tient devant lui.

— Qu'est-ce que tu fiches ici, putain ?

— Ça me fait plaisir de te voir, Anna…

— Oh, arrête ton baratin, espèce de sale connard. On était d'accord. Le tribunal avait réglé la situation. Ce genre de choses ne devait plus se produire. Plus de coups de téléphone à trois heures du matin quand tu es soûl. Plus de rencontres par hasard dans la rue. Plus rien à foutre avec toi, Remo !

Remo se redresse.

— Je me doute bien que tu ne me portes pas dans ton cœur…

— J'ai bien entendu ce que tu viens de dire ? Tu te fous de ma gueule, bordel de merde ? Dégage.

— Il faut que je te parle.

— Non.

— Si, vraiment, il le faut.

— Non, vraiment pas. Va-t'en avant que j'appelle la sécurité.

Anna s'avance vers un téléphone posé sur la table de conférences et décroche. Remo panique, cherche comment formuler ce qu'il a à dire.

— Je vais mourir.

Anna marque un temps d'arrêt, puis demande :

— Quoi ?

— Je vais mourir.

Elle raccroche. Elle déteste ce type, c'est certain, mais elle ne souhaite pas pour autant sa mort – enfin, pas au sens littéral.

— Comment ça ?

— Ça n'est pas important, mais il ne me reste plus beaucoup de temps.

Anna se ressaisit, rassemble ses esprits, et voit soudain le sentiment qu'elle éprouve naturellement envers son ex – l'animosité – refaire surface.

— Et qu'est-ce que tu veux que je te dise, bordel ? Tu débarques ici après des années passées à chier dans la colle et tu me dis quoi ? Que tu vas mourir.

— Tu es tiraillée entre tes sentiments, je peux le comprendre.

— Va te faire foutre, crache-t-elle en trépignant de rage. Putain. Va te faire foutre, Remo Cobb. Regarde-toi. Je ne sais même pas si tu es en train de mentir, de mourir ou de chercher à m'apitoyer dans l'espoir d'obtenir une pipe.

— Je ne cherche pas à t'apitoyer. Je vais bientôt mourir. C'est vrai. Je veux juste… (Silence. Lâche les mots.) J'aimerais voir Sean avant de partir.

Anna reçoit la requête comme un coup de botte dans l'estomac. D'une certaine manière, elle savait que ce jour arriverait. Qu'un beau jour, il demanderait à rencontrer leur fils. Elle espérait que non, mais dans un coin de sa tête, elle le redoutait. Cette crainte qu'elle dissimulait était comme un boulet, et aujourd'hui son boulet se tient devant elle.

— J'aimerais au moins rencontrer une fois le gamin avant de quitter ce monde. Tu vois ?

Anna lutte contre les émotions contradictoires qui se bousculent en elle.

— Tu avais accepté de ne pas faire partie de sa vie, tu te souviens ?

Remo le sait.

— Tu avais demandé à ne pas faire partie de sa vie.

— Je sais ce que j'ai dit.

— On n'a pas besoin de toi. On n'a pas envie de te revoir.

Remo se referme.

— Tu me hais vraiment.

— Tu ne crois pas que j'ai mérité ce droit ?

— Et toi, tu ne crois pas qu'il voudrait peut-être connaître son papa ?

— Je ne suis même pas sûre de te croire quand tu dis que tu vas mourir.

— Je vais mourir, Anna. Bientôt.

L'amertume d'Anna prend le dessus.

— Tu l'as déjà infecté avec tes gènes de merde. Je ne peux rien y faire. Tu crois vraiment que je vais te présenter à lui avant que tu disparaisses ? Tu crois vraiment que je pourrais faire ça à mon fils ?

Remo encaisse le coup. Il fait mal, et son instinct naturel reprend la main – démolir son adversaire quel qu'il soit.

— Techniquement, il s'agit de *notre* fils.

Vraiment pas la réplique idéale.

— S'il te plaît, va-t'en, dit-elle d'un ton glacial.

— Anna.

Elle tourne vers lui un regard suppliant. S'il te plaît, laisse-nous tranquilles.

— Je veux simplement lui dire bonjour.

Contrainte et forcée, elle livre sa réponse définitive de la seule manière que ce mec puisse comprendre.

— Remo. Va mourir.

Les paroles d'Anna le blessent, lui font d'autant plus mal qu'il les sait complètement justifiées par les années de chagrin qu'il a causées, nourries par tout ce qu'il a pu lui faire subir, à elle… et à Sean.

Dans un moment de lucidité déchirant, il prend conscience de la vie qu'il s'est forgée.

Rassemblant les miettes d'espoir qu'il avait encore au café, il comprend qu'il a été naïf. C'était une entreprise perdue d'avance. Alors même que l'horloge de sa vie égrène ses derniers jours, il vient de gâcher le peu de temps qui lui restait.

Remo sort de la pièce en adressant à Anna un hochement de tête plein de compréhension.

Anna se déteste.

20

Un fourgon cellulaire sillonne un tronçon de route désert, serpentant à travers la campagne comme une veine sombre.

Les fenêtres de sécurité sont doublées d'un treillis métallique fermement boulonné. C'est un de ces bon vieux véhicules de transport fédéraux pour psychopathes et sociopathes. Les détenus sont attachés à leurs sièges et menottés. Pas un mot ne sort de leurs bouches tandis qu'ils se balancent et dodelinent au rythme des imperfections de la route.

Dutch Mashburn regarde le paysage défiler, il semble tout ignorer des événements qui se préparent.

Frank est assis face aux prisonniers, l'esprit aux prises avec un conflit d'envergure. Il lutte avec acharnement contre lui-même pour ne pas dévoiler ce qui se prépare.

Ce qu'il va faire.

Ce qu'il doit faire.

Dans sa tête, une bataille fait rage : le bien contre le mal ; tout le mal qui attend sa femme s'il ne mène pas à bien les exigences de Dutch. Il cramponne son fusil, essuie la sueur sur son front.

Le mal affiche un sacré palmarès.

Dutch se tourne vers Frank, lui adresse un regard.

C'est le moment, pauvre merde.

Frank sait que c'est le moment. Chaque fibre de son corps s'insurge contre ça, mais ces animaux tiennent sa femme. Il se remémore les circonstances de leur rencontre, leurs rendez-vous coquins, tous les moments spéciaux qu'ils ont partagés, et ces souvenirs tournent en spirale dans sa tête et se mêlent aux visions d'horreur que son imagination hyperactive lui suggère.

Étouffant son conflit intérieur, Frank se lève et marche entre les sièges, passant devant les détenus l'un après l'autre. Il les dévisage à mesure qu'il avance d'un pas hésitant. Ces choix qu'ils ont faits… ils méritent tous de mourir. Qu'ils crèvent, se dit-il. Sa femme ne mérite pas ça. Il ne mérite pas ça.

Le chauffeur ventripotent jette un coup d'œil dans son rétroviseur, scrute son chargement de monstres.

Frank arrive à la hauteur de Dutch.

Ils échangent un regard silencieux. Ça se lit sur le visage de Frank : il n'a plus le cran. Le regard de granit de Dutch posé sur lui doublé d'un geste du pouce en travers du cou rappellent à Frank que sa femme mourra s'il ne se montre pas assez serviable, et genre serviable *maintenant*.

— Tout va bien à l'arrière ? demande le chauffeur.

Les yeux dégoulinants de haine de Dutch se déplacent sur lui, puis reviennent sur Frank. Tu vas lui répondre, connard ?

— Ouais, ça roule, répond Frank.

Frank sort un trousseau de clés et tourne le dos au chauffeur.

Puis dit à Dutch d'une voix basse et tremblante.

— Regarde-moi dans les yeux et dis-moi qu'elle va bien.

Dutch sourit.

— Pour qui tu me prends ?

Dutch sait quelque chose que Frank ne sait pas.

Il sait que non loin d'ici, Ferris est en train de quitter le domicile de Frank, de grimper dans une camionnette de couvreur volée, et de s'éloigner.

Ferris va regarder sa montre.

Compter jusqu'à cinq.

Et la maison de Frank, ainsi que sa petite dame, exploseront en une boule de feu.

Tout cela ne gêne absolument pas Dutch – à vrai dire il n'y a pas accordé beaucoup de réflexion jusqu'ici.

Évidemment, Frank ne sait rien de tout ça au moment où il rive son regard sur celui de Dutch, sans quoi il exploserait le sourire de Dutch à coups de fusil à pompe.

Parce qu'il pense qu'il n'a pas d'autre option, Frank déverrouille les menottes et les chaînes de Dutch. Après avoir fait un pas en arrière, il entame un décompte silencieux sur ses doigts à l'intention de ce dernier.

Un…

Deux…

Trois.

Frank crie assez fort pour que le chauffeur et l'autre garde l'entendent.

— Rassieds-toi, Dutch !

Dutch se lève et passe son bras autour de la gorge de Frank tout en détournant le canon de son fusil. L'autre garde se lève et tente de mettre Dutch en joue avec son arme de poing.

Blam !

Dutch le descend, le sang giclant sur le plafond et sur le premier rang de prisonniers.

— Non ! crie Frank.

La vision de son collègue se faisant descendre par sa faute lui est presque insupportable. Parce que Frank essayait de sauver sa femme, son collègue ne rentrera pas à la maison ce soir. Frank ravale ses scrupules, relativise la chose en se disant qu'il connaissait le danger. Ce sont les risques du métier.

Les détenus hurlent et s'excitent comme s'ils étaient devant un match de NFL.

— Arrête-toi, ordonne Dutch au chauffeur avec le plus grand calme.

Les yeux du chauffeur font des allers-retours entre le rétroviseur et la route. Dutch tire une cartouche à travers le toit du bus.

Le chauffeur braque brusquement pour arrêter le fourgon sur le bas-côté. Pas question de risquer sa peau pour trente mille dollars par an. Bon d'accord, la prise en charge des frais dentaires est pas dégueu, mais merde. De toute façon, il comptait reprendre ses études.

Le fourgon est maintenant la proie d'un chaos qui empire à chaque seconde. Ça se balance, ça saute, ça remue, amortisseurs et essieux sont mis à l'épreuve par la férocité refoulée des détenus. Toujours attachés à leurs sièges, ils tirent sur leurs entraves comme des animaux enragés, excités au-delà de toute retenue. Ils supplient Dutch de les libérer, voient en lui leur Seigneur et sauveur. Restant sourd à leurs appels, Dutch pousse Frank à l'avant du bus.

— Ouvre la cage, ordonne-t-il au chauffeur.

Ce dernier regarde Frank, puis Dutch.

— Ouvre cette porte ou je le tue et je lâche les animaux sur toi.

Là encore, le calcul est simple : le jeu n'en vaut pas la chandelle. Le chauffeur ouvre la porte de la cage et Dutch pousse Frank de l'autre côté. Sans une hésitation, Dutch tire une décharge dans le visage du chauffeur.

Cris d'excitation de ses supporters à l'arrière.

Dutch pousse Frank hors du bus, et celui-ci roule dans la terre, réduit à une flaque d'émotion. Se redressant, Frank s'écrie derrière des larmes de rage :

— On avait un accord.

Quelque chose attire le regard de Dutch : une camionnette de couvreur arrivant vers eux à vive allure.

— Effectivement.

— Tu lui feras pas de mal ?

— Je ne lui ferai pas de mal.

La camionnette s'arrête, et la vitre conducteur s'abaisse pour dévoiler Ferris au volant.

— À moi non plus ? demande Frank.

— Je ne te ferai pas de mal, répond Dutch avec un rictus, tandis que Ferris tire deux balles de .357 dans la tête de Frank.

Le corps de Frank n'a même pas encore touché le sol que Dutch monte dans la camionnette.

Les Mashburn s'éloignent à toute vitesse, laissant derrière eux trois cadavres de surveillants pénitentiaires et un bus rempli de grouillots de Satan encore attachés à leurs sièges. Le bus s'agite et tangue en tous sens, comme un sac plein de singes fous essayant de baiser un ballon de foot.

Dutch se carre dans son siège, laisse le vent souffler dans ses cheveux en nid de rat. Ferris lance un coup d'œil furtif à son frère, s'autorise un petit sourire, mais ne dit rien.

Il tend à Dutch le .357.

21

Remo marche comme un cadavre ambulant. Les muscles de son visage pendent sur son crâne, faciès inexpressif. Pendant que des masses de gens débordés vont et viennent dans une trépidation incessante réglée sur celle de leur ville, Remo se traîne.

On ne trouverait pas son pouls même avec une carte.

C'est un homme qui a baissé les bras, accepté son sort.

Accepté le sort que les Mashburn lui réservent et son impuissance. Il revoit les photos et les rapports des nombreux meurtres et agressions dont les trois frères se sont rendus coupables durant toutes ces années : traumatismes causés par des chocs brutaux, strangulation, décapitations et – lorsque leur fibre chrétienne se manifeste – morts par balles. Toutes ces pensées et plus s'assemblent au hasard pour former un collage introspectif.

Est-ce que je mérite de vivre ?

Qu'ai-je à offrir à ce monde ?

Pas grand-chose, merde.

Au loin, des cloches d'église sonnent.

À quelques blocs de là, il y a une cathédrale catholique. Sans être un modèle de ferveur religieuse, Remo n'en renie pas pour autant son éducation baptiste du Sud – qui se résumait à suivre sa grand-mère dans la maison du Seigneur pendant que son père cuvait son whisky. Ils y grignotaient quelques trucs, une tranche de pain, un verre de jus de raisin. Sans vouloir être désagréable, n'est-ce pas dans ce genre d'endroit que les gens se rendent quand ils s'apprêtent à mourir ? Là que vont les gens normaux pour essayer de faire la paix avec le grand manitou avant de casser leur pipe ? Ce genre de délire ?

Remo traverse la rue et prend la direction de la cathédrale.

Une centaine d'hommes et de femmes, tous vêtus de noir, se tiennent devant l'édifice, tandis qu'on fait sortir la bière d'un élégant fourgon mortuaire. Remo ne parvient pas à détacher son regard du cercueil en chêne poli. Il est fasciné par les égards dont les porteurs font preuve. Les égards dont ils font tous preuve pour l'occupant du cercueil. C'est assez émouvant quand on y pense – ce truc a l'air de peser son poids.

Remo pénètre dans le somptueux lieu de culte. Le verre teinté décoche ses traits de lumière colorée. L'orgue produit une riche bande sonore qui vous informe que ça y est, vous pouvez faire votre deuil ; vous pouvez pleurer. C'est le moment d'être triste. Alors veuillez être triste.

Remo observe le chagrin sur le visage des gens venus présenter leurs derniers hommages à leur ami ou parent. Il sent son corps se tendre, ses yeux verser des larmes. Pas pour la pauvre âme qui se trouve à l'intérieur de la caisse en bois ouvragée ; il ne la connaît pas. Il ne pleure pas non plus à la pensée des êtres chers qu'elle a laissés derrière et qui doivent continuer de vivre sans elle.

L'objet de sa tristesse, c'est lui-même. Il voit sa vie pour ce qu'elle est et ça lui fait mal. Il n'y aura rien de tout cela quand il avalera son bulletin de naissance. Pas même un dixième.

Un vieil homme passe devant lui et Remo lui attrape le bras.

— Oui ? dit l'homme.

— Comment connaissiez-vous le défunt ? demande Remo.

L'homme livre sa réponse avec une immense chaleur qui monte d'un endroit particulier dans son cœur. Les rides de son visage se distendent au-dessus de son sourire radieux et sincère. Le simple fait d'évoquer le défunt semble le rajeunir de plusieurs années.

— C'était un très ancien ami de ma famille. Je le connaissais depuis…

— Il va vous manquer ?

La question trouble l'homme.
— Beaucoup.
Remo continue son enquête, arrête d'autres invités. Trouve une jeune femme et lui demande :
— À vous aussi il va manquer ?
— Évidemment. C'était...
Il n'a pas besoin des détails. Remo passe à une autre personne, puis une autre encore. Sa présence injustifiée à ces funérailles commence à semer le trouble. Les gens le fixent, remarquent cet homme étrange et débraillé qui pose des questions sur le défunt.
L'esprit de Remo est une salade d'émotions : il s'évertue à mettre en balance le spectacle de cette incroyable masse de personnes réunies pour honorer la mémoire d'un être cher et la réalité implacable de la mort atroce et certaine qui l'attend.
L'église commence à tournoyer et à chavirer autour de lui, le monde à s'écrouler. Il avance en traînant les pieds, sans direction précise, ses paroles réduites à un marmonnement irraisonné. L'espace d'un moment, il tourne lentement en rond sur lui-même. Il fait ainsi le tour de l'église et revient à côté du vieil homme, qui l'arrête et lui demande :
— Puis-je vous demander qui vous êtes ?
Remo ne répond pas mais pose au vieil homme la question de toute une vie. La question qui résume sa vie.
— Et quand vous casserez votre pipe, papy, les gens vont sans doute vous regretter aussi, non ?
La réponse du vieil homme est simple et d'une parfaite évidence.
— Je l'espère.
Ces trois mots reconstituent le puzzle mental de Remo ; pour la première fois, les éléments se mettent en place. Les gens regretteront le vieil homme, il n'a pas besoin de l'espérer. Remo sait que pour lui l'espoir ne suffira pas. Personne ne le regrettera à sa mort – enfin, quand il se fera brutalement tuer et qu'on laissera son cadavre sanguinolent servir de nourriture à des porcs voraces.

Au cours de sa vie, Remo a fourni aux gens une liste impressionnante de raisons non seulement de ne pas le regretter, mais de se réjouir de sa mort. Il se peut même qu'ils organisent un défilé.

Les enculés.

Bien sûr, une poignée de criminels le regretteront en tant qu'avocat, mais ceux-là il s'en passe. Sans déconner ? C'est tout ? pense-t-il. C'est tout ce que je vaux ?

Dans un geste atypique de sa part, Remo serre l'homme dans ses bras pendant un long moment, espérant peut-être qu'un peu de sa bonté déteindra sur lui. Peut-être que la proximité de gens bien lui sera salutaire ? En tout cas, ça ne peut pas faire de mal.

Mais même la gentillesse du vieux a ses limites.

— Pourriez-vous me lâcher, fiston ?

Remo ressort de l'église, tous les regards braqués sur lui. Ce ne sont plus des regards gentils et compréhensifs, mais ceux d'hommes et de femmes qui ont rejoint la longue liste de personnes qui ne veulent plus rien avoir à faire avec lui. Il voudrait les remercier, mais on a dépassé ce stade. Remo s'éclipse discrètement et entreprend seul la longue marche jusqu'à son appartement de luxe dans le ciel.

22

Une chanson trotte parfois dans la tête de Remo. Il la zappe sur son iPod quand il est sobre. Quand il est bourré, il l'écoute. Lorsque les derniers accords s'estompent, Remo est généralement noyé dans ses larmes. Il s'agit d'une obscure chanson des Pink Floyd, tirée d'un de leurs albums les moins connus, mais les mots de Roger ne manquent jamais de l'atteindre en plein cœur.

Derrière mes yeux brouillés de pleurs
Je distingue à peine ces jours et ces heures
Loin de planer dans un ciel clair
Je glisse au fond du trou dans lequel je me terre

Il n'y a ni refrain ni riff entraînant particulier. Les paroles continuent…

Ce gamin qui hallucinait à fond
Qui faisait l'amour aux filles de papier glacé
Il se demande si tu dors auprès de ta nouvelle religion
Si un jour quelqu'un pourra l'aimer,
Ou si ce n'est qu'un rêve insensé ?

Les mots qui achèvent Remo…

Si je te montre mon côté sombre,
Resteras-tu auprès de moi ce soir ?
Si je te dévoile mes failles,

Et que je t'ouvre mon cœur,
Que feras-tu ?
Vendras-tu ton histoire à Rolling Stone *?*
T'enfuiras-tu avec les mômes
En m'abandonnant seul ?
Me rassureras-tu d'un sourire,
En chuchotant au téléphone ?
Me demanderas-tu de partir
Ou rentrerons-nous ensemble ?

23

VISAGE de marbre, sempiternel verre de scotch à la main, Remo est assis à la longue table à manger vide de son appartement. Une table importée de… quelque part. Il se souvient que quelqu'un l'avait mis en contact avec un type gay qui avait choisi un à un chaque élément de décoration de son appartement. Rien ici n'a de véritable histoire ni ne lui évoque quoi que ce soit, si ce n'est le souvenir encore douloureux d'ennui de ce décorateur d'intérieur lui présentant sa vision du chic urbain.

Remo a installé une petite caméra sur trépied à l'autre bout de la table, objectif braqué sur lui. Une sorte de conférence de presse, sans presse.

Il regarde longuement et fixement l'objectif, s'efforçant de rassembler ses pensées avant de commencer son petit exercice. Ce n'était peut-être pas une si bonne idée.

Si, c'est une bonne idée. Super idée. Ferme-la bon Dieu et lance-toi.

Il se racle la gorge et s'adresse à la caméra. S'arrête pour prendre une dose de scotch. Tousse et se racle de nouveau la gorge.

Secoue la tête énergiquement et se jette à l'eau.

— Mon garçon… Fils… Sean. Tu n'as aucune idée de qui je suis, et c'est sans doute mieux ainsi. (Il réfléchit, lâche le morceau.) Je suis ton papa.

Attend quelques secondes pour laisser à Sean le temps d'assimiler l'information. Ça lui fait bizarre d'entendre ces mots. Personne ne lui parle jamais de Sean, et Dieu sait qu'il n'a jamais parlé de Sean à personne. Enfin, à part à cette serveuse débile. Il a du mal à imaginer comment Sean réagira.

Il poursuit.

— J'ai mis de l'argent de côté pour tes études. J'ai ouvert ce compte à ta naissance. Ta mère n'est pas au courant. Un conseil : va à l'université, et bois... bois beaucoup. Ça t'aidera à voir ton vieux père sous un autre jour.

Petite gorgée de scotch.

— Mon conseil donc : bois et envoie-toi en l'air avec un paquet de filles. Tout le monde te dira que ce genre de comportement ne fait pas avancer les choses ; ce sont des cons. Bien sûr que ça fait avancer les choses. Ça fait beaucoup avancer. Désolé, je m'écarte du sujet.

Gorgée de scotch.

— Mon donneur de sperme de père est mort dans une fusillade. Malheureusement, on dirait que le tien suit le même chemin. Lui c'était pour avoir triché dans une partie de poker. Moi, eh bien, c'est légèrement plus compliqué. Même erreur de jugement, j'imagine... putain je digresse à nouveau. Désolé, bonhomme.

Une autre gorgée.

Il se ressert.

— Tu vas me détester pendant un long moment et tu ne sauras pas vraiment pourquoi. C'est rien. J'aurais dû être là pour te montrer tout un tas de trucs, je sais bien.

Remo pousse le verre, fait sauter le couvercle de son flacon de comprimés, en éparpille quelques-uns sur la table devant lui. Préparatifs.

— Tu as de bons gènes, petit, aucun doute là-dessus. Ta mère est une MILF, et je suis pas mal non plus. Tous les deux on est plutôt des têtes, alors ça devrait te donner une longueur d'avance. Dans ce monde, quand on est beau et intelligent, on va loin. C'est moche pour les armées de cons affreux qui encombrent cette planète, mais c'est comme ça. Les gens t'aimeront, et sûr qu'ils voudront clairement se pointer à ton enterrement. Ça n'est pas pour demain, mais je tenais à le dire.

Il prend une bonne gorgée de scotch qu'il fait tourner dans sa bouche, avant d'avaler difficilement. Ramasse un comprimé, le tient prêt entre le pouce et l'index.

— Vis comme tu voudrais que les gens se souviennent de toi. Ah tiens, elle est bien celle-là. Je pourrais te laisser sur cette parole de sagesse.

Il fait rebondir le comprimé, en essayant de le faire atterrir dans le verre de scotch.

— Sois pas trop dur avec ta mère. Prends soin d'elle. Elle méritait vachement mieux que moi… tout comme toi. Sache juste que je pense souvent à toi. J'ai mis des trucs de côté pour toi. Ta mère saura quoi faire. Mais, Sean… (Les yeux de Remo larmoient, mais il se contient.) Tout ça… moi qui suis en train de te parler, ce stupide bla-bla… en fait, ce que je suis en train d'essayer de te dire, très très maladroitement, c'est que je suis vraiment, vraiment déso…

La sonnerie de son portable le coupe au beau milieu de sa phrase.

Plop!

Il en a enfin mis un dans le verre.

Remo lit le numéro de l'appelant, répond d'un "allô" confus.

Rien de l'autre côté.

— Anna?

Debout dans l'embrasure de la porte de sa jolie cuisine, Anna serre son portable entre ses doigts. À l'inverse de Remo, elle a choisi elle-même tous ses meubles.

Sean est assis à la table, occupé sur un livre de coloriage de *Toy Story 3*. Woody et Buzz se retrouvent couverts d'un mélange incongru de magenta et de bleu pervenche, mais le gamin s'amuse. Anna s'efforce de tenir sa conversation avec Remo loin des oreilles de Sean.

— Remo, je n'aurais pas dû dire ces choses que j'ai dites. Tu méritais chacun de ces mots et c'était la vérité, mais je n'aurais pas dû les dire. Tu vas vraiment mourir?

Remo est touché.

— Hélas.

— Soyons clairs : je ne te pardonnerai jamais.
— Compris.
— Arrête. Laisse-moi parler. Ça ne me plaît pas, et je suis certaine que je fais une énorme erreur, mais… tu devrais rencontrer Sean. Si je ne le laisse pas te rencontrer, je m'en voudrai horriblement.

La conversation est émotionnellement épuisante pour Anna.

Pour la première fois depuis très, très longtemps, une lueur d'espoir s'allume en Remo.

— Merci, Anna.

Elle entend à sa voix qu'il est sincère. Tout au moins elle aimerait le croire sincère. Elle poursuit d'un ton sec :

— Pas de bavardage. Rendez-vous samedi à sept heures au parc. Il y a un spectacle pour les mômes.

Remo ne veut pas faire de gaffe.

— S'il te plaît, Anna. Ça fait quelques jours que je n'ai pas mis le nez dans un calendrier.
— On est vendredi.
— D'accord. Oui. Pas de problème. J'y serai.
— Remo… ne gâche pas ta chance.
— Non. Jamais de la vie. Je serai…

Elle raccroche.

Remo regarde droit dans la caméra.

— Là.

Essuie ses yeux humides.

Renifle.

— Bon, eh bien alors d'accord.

Il étire un large sourire, le cœur grand ouvert.

Soudain son expression se transforme tandis qu'une pensée lui vient. Un déclic se fait dans son esprit. Il s'en veut de ne pas avoir fait le lien plus tôt ; il y a longtemps qu'il aurait dû se poser cette question.

Pourquoi ne m'ont-ils pas encore tué ?

Chicken Wing a largement eu les occasions de le faire depuis le temps, alors pourquoi ne pas l'avoir fait ?

Il n'a pas l'autorisation !

C'est une question de dynamique familiale, liée au putain d'organigramme hiérarchique tordu des Mashburn.

Chicken Wing ne peut rien faire tant que ses frères ne sont pas avec lui.

Remo éteint la caméra et sort comme une flèche.

Son cher comprimé repose au fond du verre, se dissolvant en granules tourbillonnant dans l'excellent scotch.

24

Remo écume les rayons d'une supérette de nuit. Il jette un coup d'œil à son nouveau meilleur ami, le Glock, qu'il a coincé en sécurité dans sa ceinture. Remet ça toutes les cinq secondes, comme un jeune marié fait tourner son alliance sur son doigt après la cérémonie. Il y a des choses qui demandent du temps pour s'y habituer.

Il parcourt les allées à la recherche d'un objet bien précis, même s'il n'a pas encore décidé consciemment de ce que c'était.

Il finit par le trouver dans le bac rempli d'attrape-touristes criards – souvenirs à deux sous made in Taiwan – juste là pour éblouir les handicapés du goût. Remo se demande qui peut bien acheter ces merdes ? Il ramasse une statue de la Liberté, la soupèse. Ce n'est pas ce qu'il veut, mais presque. Il la repose, soulève un cendrier en marbre affublé d'une image peinte à la va-vite du pont de Brooklyn. Ça pourrait fort bien faire l'affaire ; c'est assez lourd.

Ça lui plaît.

Il continue ses emplettes, trouve une rallonge électrique blanche, générique. En prend deux.

À l'extérieur de la supérette, de l'autre côté de la rue, une Lincoln noire genre cuirassé naval est garée. Assis au volant, Chicken Wing surveille le magasin. Les rues sont quasiment désertes à ces petites heures du matin. Sans quitter la boutique des yeux, il inhale un sachet de M&M's cacahuètes. Un monticule de détritus l'entoure : sachets de friandises vides, boîtes de Big Mac, emballages de Taco Bell roulés en boules, gobelets de café froissés, et une bouteille à pisse. Chicken Wing est en planque, et ça lui casse les couilles. Si ça ne tenait qu'à lui, et ce n'est pas le cas, il aurait déjà décapité cette saloperie d'avocat et exposé sa tête sur la cheminée de la baraque – peu importe laquelle – dans le putain de bled – peu importe son nom – où Dutch parlait de se barrer une fois qu'ils auraient leur fric. Chicken Wing laisse son esprit tordu se figurer cette contrée inconnue. Un endroit où il pourra être lui-même, libéré de toutes les conneries qui l'entravent ici (à savoir la loi et ses frères), et bien évidemment, un lieu plein de chaudasses dont le seul désir sera de satisfaire Monseigneur Chicken Wing. Quel endroit génial.

Au lieu d'être là-bas, voilà plusieurs jours que Chicken Wing est cloué dans sa Lincoln, à bouffer de la merde, contraint de zieuter à travers des jumelles les allées et venues de ce putain d'enculé de Remo Cobb comme un couillon de harceleur. N'empêche qu'il s'est bien marré en le regardant perdre peu à peu la boule. Chicken Wing n'a rien raté. Les promenades à travers la ville comme un zombie. Les heures à se morfondre dans le café. Sans oublier bien sûr le petit spectacle aux obsèques de ce type, dans l'église. Ça c'était tordant.

Son téléphone jetable sonne.

Il répond.

Pas de bonjour. Pas de merci pour ton boulot. Aucune gratitude pour le fait qu'il ait dû pisser dans une bouteille. Il n'a droit qu'à une série de questions, assaisonnée d'une bonne dose d'arrogance.

Putain il a horreur de ça.

Il se mord la langue et répond :

— Mais comment tu veux que je sache ce qu'il est en train de foutre ? Il fait les courses pour son putain de dernier repas.

À l'intérieur de la camionnette de couvreur volée, Ferris conduit tandis que Dutch parle au petit frère. Dutch et Ferris ont eu leurs différends certes – quels frères n'en ont pas ? Mais ils partagent une philosophie commune quant à la manière de gérer Chicken Wing. Il faut être clair, précis, et s'il déconne, sévère.

— Ne le tue pas, dit Dutch.

Agacé, Chicken Wing répond :

— Vous arrêtez pas de me répéter ça, bande de connards. J'ai compris, putain. (Son irritation monte d'un cran à chaque syllabe.) Tous les deux, vous commencez sérieusement à me péter les couilles.

— Du calme.

— "Du calme, du calme". Je t'emmerde. (Chicken Wing voit Remo sortir de la supérette.) Attends. Il est en train de…

Sa razzia terminée, Remo se dirige droit vers la Lincoln, sac sous le bras.

— Il vient par ici.

— Pourquoi ?

— Il traverse la rue. Il vient vers moi.

Arrivé près de la Lincoln, Remo sort le cendrier avec le pont de Brooklyn.

— Qu'est-ce qu'il fait maintenant ? demande Dutch.

— Putain de merde !

Remo prend son élan et lance le cendrier, façon ligue majeure de base-ball, dans la vitre conducteur. La vitre de la vieille Lincoln explose et une mitraille d'éclats ricochent à l'intérieur, recouvrant Chicken Wing, recroquevillé sur son siège.

À l'autre bout de la communication, le bruit de fracas suscite un regard de profonde inquiétude entre Dutch et Ferris.

Remo ne perd pas une seconde. Alors que Chicken Wing gesticule, Remo le frappe avec son Glock à la mâchoire. Le coup produit un craquement satisfaisant. Bon Dieu ce que c'est bon, pense Remo.

Il frappe Chicken Wing une fois de plus au visage. Tiens, encore un ! Donner libre cours à sa violence est une sensation grisante.

— T'as pété les plombs, bordel ? crie Chicken Wing en crachant du sang.

Remo lui assène un autre coup, avec un peu trop d'enthousiasme.

— Tu crois pas si bien dire.

Remo sort les rallonges électriques du sac.

— Je vais te tuer. Je te jure que je vais te faire la peau.

Chicken Wing hurle en se débattant de rage.

— Tu peux pas, mon grand, sans ça tu l'aurais déjà fait, pas vrai ?

Chicken Wing est hébété.

En sang.

En rogne.

Remo poursuit son œuvre, ligotant fermement les poignets de Chicken Wing à l'aide des rallonges, comme on le lui a enseigné chez les Louveteaux – il savait que ça lui servirait un jour ou l'autre.

— Tes grands frères ne te laissent pas faire. C'est con pour toi, hein ? (Remo prend la seconde rallonge et entoure le cou de Chicken Wing avec. Il remarque le téléphone sur le siège et l'attrape.) C'est toi, Dutch ?

— Bonjour Remo.

Chicken Wing se démène pour se libérer ; peine perdue. Remo serre le téléphone dans sa main.

— Tu me veux, alors viens me chercher. Tu auras de mes nouvelles avant le coucher du soleil, je te dirai où me trouver. Tout ça, ça s'arrête maintenant. Tu m'entends, espèce de petit pédé ?

Remo sait d'expérience, pour avoir travaillé des années avec la population criminelle, qu'on peut balancer à ces gars un paquet d'insultes qui leur glissent sur les plumes. Mais généralement, "pédé" retient leur attention.

La rue est plongée dans le silence – si on excepte le bruit que fait Chicken Wing en se débattant contre les câbles qui l'entravent.

Dutch finit par répondre :

— Je t'entends, Remo.

— Je vais déposer ton frère à mon appartement. Je suis sûr que tu connais l'adresse.

Remo enfonce le téléphone dans la poche de chemise de Chicken Wing. Celui-ci grommelle une menace inaudible lardée de grossièretés.

Remo lui assène un nouveau coup de pistolet, pour faire bonne mesure… et pour le plaisir.

Une bonne beigne à vous faire sauter les dents avec la crosse du Glock.

25

Le taxi de Remo s'arrête devant une splendide demeure nichée au cœur d'une communauté de golfeurs située en banlieue. Pelouse impeccablement manucurée. Un chien aboie au loin, fort probablement un chien de race. Une paire de Lexus dans l'allée : 4 x 4 et berline. Joli couple.

Remo descend du taxi et observe la maison. Son visage se durcit, les muscles de son cou se contractent. Quelque chose dans cette charmante maison lui fout une peur bleue. Il tend au chauffeur une liasse de billets moites de sueur et le taxi jaune repart, moteur vrombissant tandis qu'il dépasse les rangées sans fin de demeures cossues.

Remo s'accorde un moment pour faire un état des lieux personnel. Je n'ai aucune envie de faire ça, mais ai-je le choix ?

Non.

Il entreprend sa longue marche vers la mort, remontant l'interminable allée bordée d'arbustes, notant au passage la présence de magnifiques rosiers. Enjambe un ballon de basket frappé du logo des Knicks avant d'arriver devant la porte d'entrée à deux mille dollars, travaillée à la main pour lui donner un air ancien et usé.

Remo prend une grande inspiration, murmure une courte prière, puis sonne à la porte.

À l'intérieur, une mère au foyer sculpturale s'approche de la porte pour répondre. Jenny, comme on l'appelle dans le voisinage, fait beaucoup d'efforts pour entretenir et améliorer les présents dont la nature l'a gratifiée. Son physique, et les apparences qui vont de pair avec le code postal contribuent à masquer la vérité : Jenny a un passé.

Mais justement : il s'agit de *son* passé.

Les enfants braillent derrière elle tandis qu'elle pose la main sur le bouton de la porte.

— Calmez-vous une seconde, les enfants, il faut que j'aille répondre.

Elle regarde dans le judas, voit Remo.

— Et merde, marmonne-t-elle entre ses dents.

De l'autre côté de la porte, Remo devine ses pensées.

— Je sais très bien que tu n'as aucune raison valable d'ouvrir cette porte.

Un homme s'avance derrière Jenny et pose une main lourde et rassurante sur son épaule. Il s'en charge. Elle voudrait pouvoir ouvrir cette porte et envoyer un coup de pied dans les couilles de Remo, mais elle n'est plus ce genre de fille. Alors elle repart s'occuper des enfants.

L'homme ressemble au papa moyen : le roi du lotissement pavillonnaire, l'empereur de l'impasse. Il affiche un look d'ingénieur prospère, qui fait du jogging, joue peut-être même au tennis. Pratique le golf, ça ne fait aucun doute. Mais ne vous y fiez surtout pas… ce n'est pas ce genre de mec.

Hollis est un homme méchant, très méchant, et si vous le forcez à vous en donner la preuve, vous n'apprécierez pas la démonstration.

Remo continue de parler, croyant l'accès à la maison toujours gardée par Jenny.

— S'il te plaît. J'ai vraiment besoin de lui parler.

— Qu'est-ce que tu veux, Remo ?

Remo commence aussitôt à se tortiller sur place ; le son de la voix de Hollis met son cœur sur pause. Tout le passé qui les unit, bon et merdique, remonte à la surface dans un flot de souvenirs violent. Ce qui l'inquiète surtout, c'est la partie merdique. Il murmure :

— Cinq minutes, l'ami.

Hollis enveloppe sa large main autour du bouton de porte, ses doigts se crispent. Il sent presque l'acier se tordre sous ses articulations qui blanchissent. Lui aussi fait l'inventaire de la partie merdique. Hollis ouvre la porte à la volée et aboie :

— Deux mots : crève, et non.

Remo fait un bond en arrière, dit :

— Tu sais que je ne viendrais pas ici si j'avais un autre choix. (Il compose le regard le plus sincère qu'il puisse offrir.) S'il te plaît, mec.

Hollis fixe Remo dans les yeux et incline la tête, s'efforçant de percer à jour l'homme le moins fiable au monde.

— Tu as trois minutes.

Remo s'avance pour entrer, mais Hollis lui barre l'accès en plantant sa paume charnue contre son torse.

— Tu ne mettras pas un orteil chez moi. Jardin. Fais le tour.

La porte se referme au nez de Remo, pourtant il ne peut s'empêcher d'y voir un espoir. Si l'on considère que Hollis ne lui a pas arraché le cœur, ni piétiné le crâne sur le perron, c'est effectivement un signe positif.

Remo pénètre dans le sanctuaire du jardin par un portillon en bois. Hollis est en train d'arroser sa flopée de rosiers à l'aide d'un pistolet-arroseur huit fonctions. Il a opté pour la pulvérisation en éventail ; c'est le plus approprié pour la terre au pied de ses arbustes. L'attention qu'il porte à ses fleurs est évidente. Hollis refuse de croiser le regard de Remo tandis qu'il s'avance vers lui d'un pas hésitant. Remo juge plus sage de laisser de l'espace entre eux – une zone tampon.

L'expérience a appris à Remo qu'il est plus judicieux d'entamer une conversation avec quelqu'un par un sujet qui met l'autre à l'aise. Histoire de créer un lien, ou tout au moins de briser la banquise qui vous sépare, dans l'espoir peut-être de semer les graines d'une relation neuve, solide – que Remo pourra ensuite manipuler pour parvenir à ses fins, naturellement. En l'occurrence, Remo opte pour une remarque sur les rosiers de Hollis.

— Ça commence à ressembler à quelque chose…

— Putain ! Tu es le type le plus gonflé que j'aie jamais vu, c'est pas croyable, rétorque Hollis.

— Tu es fâché. Je peux tout à fait le comprendre.

— Vraiment gentil de ta part.

— Mais je t'ai tout de même évité une peine de dix ans de prison.

— Tu as aussi baisé ma première femme, obtenu de la deuxième qu'elle te fasse une branlette, et essayé de négocier un plan à trois avec la troisième.

— Tu devrais me remercier de t'avoir ouvert les yeux sur les deux premières, qui étaient des putes. La troisième à l'intérieur, par contre, c'est une perle.

— Deux minutes

Remo mène cette discussion sur la défensive. Marchant sur des œufs, il poursuit :

— Je suis à court d'option. Tu es la dernière, désolé. J'aurais préféré ne pas avoir à venir ici aujourd'hui, mais je suis baisé, mec. Des types veulent ma peau.

— Étonnant.

— Des types peu recommandables cherchent à me tuer et ils vont réussir avec brio si tu ne m'aides pas. Tu es le seul qui puisses me tirer de là. S'il te plaît. Allez, quoi… sauve-moi la mise. Ça fera du bien à ton karma.

— Une minute.

— Je peux pas affronter ces types seuls, tu comprends ? Je vais mourir. Je peux pas y échapper… j'ai essayé, putain.

La voix se fendille, une légère fissure dans l'armure de Remo, qui n'échappe pas à Hollis. Celui-ci continue cependant d'arroser ses magnifiques rosiers comme si de rien n'était. Les regards continuent de s'éviter.

Remo vide son sac.

— J'aimerais rester en vie, Hollis. Je travaille à devenir un humain un brin meilleur.

Hollis arrête le pistolet-arroseur.

— Et c'est fini.

Il laisse tomber le tuyau dans la pelouse.

Remo déballe toute l'histoire, excave la vérité. La tâche est difficile pour lui, qui a passé le plus clair de sa vie à l'éviter sous toutes ses formes et a fait fortune en la taillant en pièces, en la balançant dans un mixeur avec une version altérée des faits, avant de vous la faire avaler avec le sourire.

À force de creuser, Remo finit par atteindre le cœur des choses.

— J'ai un gamin, un fils, que j'ai abandonné. Je lui ai tourné le dos. (Voyant qu'il a capté l'attention de Hollis, il enchaîne.) J'ai fait une quantité de choses moches. J'ai aidé un tas de salopards à échapper aux conséquences de leurs saloperies... un nombre incalculable de fois. J'aimerais pouvoir revenir dessus, mais je ne peux pas. Ce que je peux faire en revanche, peut-être, je dis bien peut-être, c'est sauver quelque chose de ce gâchis d'ovule et de sperme que je suis devenu. C'est ce que je m'efforce de faire, mec. J'essaie de tout mon possible de faire ce qui est bien.

Remo a baissé toutes ses défenses ; c'est un homme à nu, vulnérable.

— Je me suis brûlé les ailes. Aujourd'hui j'ai besoin d'une sacrée putain de poigne pour me tirer de là. Aide-moi, s'il te plaît.

Hollis se décide finalement à regarder dans la direction de Remo. Il avise l'émotion qui s'accumule dans ses yeux fatigués. Il hait tout ce que cet homme représente. Hollis ne peut s'empêcher de détourner son regard vers ses propres enfants à l'intérieur. Ils sont en train de foutre le bordel dans la maison et Jenny les engueule, mais ce sont ses gosses, et l'amour qu'il leur porte est infini. Hollis se souvient du jour où son premier est né. Quelque chose en lui s'était transformé ; sa manière de penser, ses sentiments avaient vraiment changé. Cela ne s'était pas produit quand Jenny lui avait annoncé qu'elle était enceinte – une nouvelle qu'il avait apprise au téléphone, quelques minutes après avoir exécuté cinq cibles de niveau intermédiaire à Bangkok. Non, cela avait eu lieu quand il attendait à l'hôpital que les infirmières le conduisent dans la salle d'accouchement. Il était seul, vêtu d'une blouse chirurgicale, attendant la naissance de son premier enfant, et sa seule pensée était qu'il devait désormais prendre soin de sa famille. Il avait même envisagé de changer de métier. Évidemment, ça ne s'était pas fait. Attendez, il a quarante ans passés et il fait le métier qu'on sait. Hollis n'a pas vraiment la possibilité de retourner sur les bancs de l'école ni de se lancer dans une nouvelle branche, repartir du bas de l'échelle dans une entreprise de merde pour trente mille dollars par an avec avantages sociaux dès le troisième mois. Pas quand il affiche un revenu à six chiffres les mauvaises années, sept chiffres les bonnes. Non, en revanche il est désormais plus regardant sur les boulots qu'il accepte.

Hollis est un assassin de premier ordre. Un professionnel du meurtre de renommée internationale. Il a tué de sang-froid, chaud, et à température ambiante, dessoudé des types sur les cinq continents, et annoncé à des gens qu'ils allaient mourir dans plus de langues que la pierre de Rosette n'en enseigne. Mais même lui ne peut fermer les yeux sur ce qu'il voit en Remo.

— Retrouve-moi au Chili's.

26

Le Chili's.

Ce petit lot de splendeur qui constitue le temple du dîner gastronomique de l'Amérique moyenne.

Hollis est assis face à Remo dans un box tout au fond, un emplacement stratégiquement choisi par Hollis pour qu'il puisse distinguer qui entre et sort du restaurant, tout en gardant les cuisines en vue. Juste au cas où un fils de pute déciderait de faire un carnage.

Les deux hommes sont séparés par une carte-tente affichant fièrement l'étourdissante offre de boissons colorées et de desserts gigantissimes, tout ça à prix plus que raisonnable. Il est rare qu'un tel degré de tension s'invite dans un Chili's, mais depuis qu'ils se sont assis, regards appuyés et silences pesants se succèdent entre les deux hommes. N'y tenant plus, Remo entame la conversation par ces mots :

— Tu n'imagines pas ce que ça représente pour moi…

Hollis non plus n'y tient plus.

— Connard…

Hollis se tait pour laisser une jeune serveuse balancer sur la table une assiette d'amuse-gueules totalement dépourvus de piquant. À peine l'assiette a-t-elle cessé de tourner que Hollis poursuit :

— J'ai accepté que dalle pour l'instant. Bon alors, qu'est-ce que tu proposes au juste ?

— Je ne vais pas tourner autour du pot : faut qu'on tue ces fils de pute. Ils seront trois…

— Sûrement plus, déclare Hollis d'un ton anodin, basé sur une expérience longue et poussée de ce genre de situation.

— Bon Dieu de merde, j'espère que non. Tu crois ?

— Tu as défendu ces mecs ?

Remo baisse les yeux d'un air penaud.

— Si on veut.

— Ça te dit de développer ?

— Je traversais une sale période à l'époque de leur procès. Ma femme m'avait quitté.

— Une fille futée.

— Aucun doute là-dessus. J'ai sombré dans un début de dépression, je me dégoûtais. J'ai fini par tomber au fond du trou. Et tout à coup, voilà cette affaire qui m'arrive dessus. J'aurais pu la gagner les doigts dans le nez ; les flics avaient complètement salopé l'enquête. Mais je ne pouvais pas. J'ai vu un paquet d'images horribles durant ma carrière, mais celles-là… merde. Ils avaient abattu tout le monde. La plupart des gens n'étaient pas armés, ils étaient couchés face contre terre. Il y avait cette femme et son gosse. Un gosse… un bébé en fait. (L'esprit de Remo s'éloigne puis revient à son récit.) Ils n'ont laissé aucun survivant.

Hollis l'observe en s'efforçant de ne montrer aucune compassion pour le gâchis d'oxygène qui est assis en face de lui. Il continue d'écouter Remo tandis que celui-ci poursuit.

— J'ai fait exprès de perdre le procès.

Les yeux de Hollis s'écarquillent.

— Joli, maître.

— C'est pas tout. Ils s'étaient tirés avec un peu plus de trois millions. Je leur ai dit qu'étant leur avocat j'avais besoin de savoir où ils étaient planqués.

On y est, songe Hollis, je le savais, putain de bordel de merde. Il commence à reconsidérer sa présence ici.

— J'ai déterré le fric, avoue Remo.

— Rends-le.

— Je ne l'ai plus.

Pour Hollis, c'est la goutte d'eau.

— Je me casse.

Comme il entreprend de se lever de la banquette, Remo s'empresse de le retenir en ajoutant :

— Je ne voulais pas qu'il atterrisse chez les flics et qu'il finisse là où il finit généralement, putain. J'ai tout donné. Absolument tout.

— À qui ? veut savoir Hollis.

— Je l'ai donné à la fondation qu'ils ont créée pour les familles des victimes de hold-up.

Hollis n'est pas né de la dernière pluie.

— Tu es un putain de menteur.

— Pourquoi personne ne me croit ? Je l'ai donné. Sérieusement. Je l'ai donné. Pratiquement tout.

Hollis écarte du pouce une pelure de pomme de terre dorée au four et attrape un pâté impérial mexicain. Sa perplexité enrobée de désapprobation tournoie dans une spirale sans fin. Tout à coup, il part dans une cascade de rires irrépressibles.

— C'est pas drôle. Pas drôle du tout.

— Oh que si. La seule action vaguement bonne que tu as faite dans ta misérable vie est celle qui va te faire tuer. (Hollis rit de bon cœur.) À mourir de rire. Je ne suis pas fâché que tu sois passé me voir aujourd'hui, tout compte fait.

— Content de t'avoir aidé à retrouver le sourire.

— C'est trop fort.

Remo essaie de faire abstraction de l'amusement que sa situation procure à son "ami".

— J'ai une maison de vacances à East Hampton. À l'écart. Personne d'autre ne sera blessé. Ils pensent que je vais leur rendre le fric. Je leur ai dit que je les appellerai au coucher du soleil .

— Tu t'es pris pour Wyatt Earp ou quoi ?

— Bon, voilà mon plan, poursuit Remo sans prêter attention au sarcasme de Hollis : toi, des flingues, et une pile de fils de putes morts. Donne-moi ton prix.

— Je ne vais nulle part.

Hollis prend la pelure de pomme de terre qu'il avait écartée et la met dans sa bouche en faisant mine de se lever. Le cœur de Remo fait un bond dans sa poitrine lorsqu'il voit son ultime espoir s'envoler. Il n'a plus aucune carte à jouer. C'est fini. Terminé.

Putain. Cette fois, c'est vraiment la fin.

Hollis se retourne vers lui.

— Je vais faire un tour au centre commercial. Tu viens ou pas ?

REMO suit Hollis tandis qu'il se balade parmi les clients du centre commercial de la banlieue chic. Les allées grouillent de parents, d'ados, d'enfants, ainsi que de quelques personnes âgées pour qui elles font office de sentiers de randonnée. Un monument de 133 295 mètres carrés dédié au revenu disponible et au rêve américain.

Hollis s'arrête devant la large vitrine d'un magasin Gap pour admirer un pull.

Remo est au comble de la nervosité.

— Ne le prends pas mal, mon pote, mais je ne suis pas venu ici pour qu'on fasse ami-ami en échangeant nos états d'âme ou en s'achetant des pulls. J'ai besoin de toi lourdement armé, assoiffé de sang et en rogne.

Hollis continue son lèche-vitrines d'un air désinvolte.

— Tu croyais quoi ? Que tu allais débarquer devant ma porte comme ça, les yeux humides, me crachoter tes sentiments naissants pour ton gamin et que j'allais plonger tête la première dans ce hachoir à viande… Tout ça pour tes beaux yeux ?

— Oui. Plus ou moins.

— Est-ce que tu as bien compris en quoi consiste mon métier ?

— Tu tues des gens.

Ils passent devant une patinoire. Hollis secoue la tête d'un air contrarié en pensant : Personne ne comprend mon métier.

Tout le monde croit savoir sous prétexte qu'ils ont vu des films et joué à des jeux vidéo. Waouh ! Mate un peu ça comment ça pète d'être un tueur à gages ! Putain de merde. Faut réussir à les supporter, ces crétins... on peut pas tous les buter.

Hollis prend une profonde inspiration et tente d'expliquer.

— Je suis un professionnel hautement qualifié. Je mène des recherches poussées. Je ne laisse rien au hasard. J'étudie les routines. J'attends. Surveille. Planifie. J'élimine mes cibles à cent mètres de distance. Mon but est d'agir sans que ni la cible, ni qui que ce soit, ne sache ce qui s'est passé. Je ne donne dans le sale que si un client souhaite expressément faire passer un message, et ça entraîne un surcoût. Mon domaine de compétences, c'est...

— Le meurtre calculé, termine Remo. Tu oublies à qui tu parles ?

— Ça, c'est ce que je fais. Ce que je fais pas, c'est défoncer des portes et arroser à tout va comme un cow-boy de bas étage qui vient de se branler sur *Fast & Furious*.

— Qu'est-ce que tu accepterais de faire alors ?

Hollis s'accorde un moment pour réfléchir à la question tout en jetant un coup d'œil à la vitrine d'une de ces enseignes aux mégacookies. Les yeux rivés sur le buffet, il rend sa décision.

— Je vais t'armer. T'armer comme il faut. Je vais te préparer à différentes situations avec des armes tactiques de base et t'enseigner des techniques rudimentaires de combat rapproché.

Pas vraiment ce que Remo avait en tête, mais toujours mieux que ses autres options, qui se terminent toutes par son cadavre coupé en morceaux et ses restes convertis en fertilisant.

Hollis continue :

— Je vais t'aider à développer un plan de défense situationnel de base. (Hollis interrompt sa phrase pour passer sa commande à la jolie caissière à cookie.) Un cookie, s'il vous plaît. Aux pépites de chocolat. Tu en veux un ? demande-t-il en se tournant vers Remo.

Remo aurait plutôt envie de vomir. Encore. Hollis récupère son cookie. Continue sa balade dans les allées du centre commercial, souriant tout du long comme un bambin à qui on vient d'offrir un cadeau. Remo doit presser le pas pour le suivre. Il tente de relancer la conversation.

— Bon, eh bien… enfin je veux dire, évidemment je te remercie. Mais j'espérais un investissement plus personnel.

— Dans ce cas, adresse-toi aux flics, répond Hollis en croquant dans son cookie.

Dééé-licieux.

Remo rétorque aussitôt:

— Tu sais très bien que je ne peux pas. Eux aussi, ils me détestent. Ah, oui, et j'ai coulé un procès et volé l'argent d'un braquage.

— Mais tu seras en vie.

— Radié du barreau, sans avenir professionnel, en taule.

— Peut-être que ton fils se porte mieux sans toi. Tu y as pensé?

Ça, ça fait mal. Un coup de genou verbal dans les bijoux de famille. La vérité est une chose dure à entendre. Remo y a réfléchi, et, effectivement, le gamin pourrait bien s'en porter mieux sur le long terme. Remo sort une grande enveloppe de sa poche de veste de costume dépenaillée et la tend à Hollis en disant:

— Là-dedans, il y a un DVD et une copie de mon testament. Si ça se passe mal pour moi, remets ça à Anna, s'il te plaît. Le DVD est pour Sean.

Hollis prend l'enveloppe avec un signe de tête. Inutile de s'étendre. Lui aussi a eu l'occasion de s'asseoir avec Jenny pour lui montrer la boîte du "scénario catastrophe" qu'il a préparée. Sauf que sa boîte à lui contient les codes d'accès à un compte dans une banque suisse, un 9 mm, des passeports et à peu près vingt mille dollars en cash.

— Je suis le seul qui a une chance d'arrêter ces types, dit Remo. Ils ont déjà évité la taule et les flics une fois.

Hollis le comprend, mais il veut être sûr que Remo le comprend aussi.

— Moi aussi, j'ai une famille. Je t'ai fait mon offre. À toi de voir.

Remo n'a plus aucune carte à jouer, aucun levier. Il n'en a jamais eu aucun en fait. Ce n'est pas une situation qui lui est familière. Il hoche la tête pour acquiescer ; à ce stade, il prendra tout ce qu'il y a à prendre. Hollis hoche la tête à son tour, un contrat silencieux entre deux personnes qui excellent chacune dans son domaine respectif. Jusqu'ici, cependant, seul Hollis avait eu besoin des compétences de Remo, et Hollis le sait.

Prochaine étape : Home Depot.

Remo a l'impression de suivre la liste complète des clichés de la banlieue chic : communauté de golfeurs, Chili's, centre commercial, et maintenant le Home Depot. Il ne manquerait plus qu'ils s'arrêtent en route pour se taper une limonade light au citron vert et à la cerise et assister à un récital de danse. Hollis explore un rayon rempli de milliers de clous et autres merdes. Remo pousse le Caddie derrière lui.

Hollis en profite pour commencer son cours accéléré et préciser quelques points de leur accord.

— Ton délire, là, de me voir fondre sur ces types comme Han Solo… c'est pas réaliste.

Remo renifle :

— T'étais plus cool quand tu avais tes couilles.

Hollis balance un pistolet à clous dans le Caddie.

Deuxième destination : le Géant du Matelas.

Remo se traîne derrière Hollis, sans avoir la moindre idée de ce qu'ils font ici. Hollis sirote à la paille une limonade light au citron vert et à la cerise en évaluant la qualité de différents matelas. Il rebondit sur l'un d'eux, examine les spécifications techniques de l'étiquette. Tous les matelas ne sont pas créés égaux, et les essais de Hollis n'ont rien à voir avec ses vertèbres. Il cherche un matelas capable d'arrêter, ou du moins de ralentir, une chiée de balles.

Hollis hèle un vendeur, le genre geek. Aussi large que haut ; s'est sans doute rendu une dizaine de fois au Comic-Con – et pas celui de San Diego, c'est de la merde : trop de buzz. Le Comic-Con de San Diego est devenu une machine à fric, qui ne jure que par Hollywood et son viol sous toutes les coutures de la pureté originelle. Non, monsieur, les vrais fan-boys se rendent à la version new-yorkaise de la célèbre manifestation de pop culture.

Hollis interroge Remo :

— Combien de fenêtres au rez-de-chaussée de la maison ?

— Je ne sais pas… une dizaine.

Hollis dit au vendeur.

— Mettez-m'en douze de ceux-là.

Le pauvre type n'a jamais été aussi heureux de sa vie ; il vient d'atteindre son quota du mois avec un seul client. À lui les nouvelles figurines du Seigneur des Anneaux. Il est à deux doigts d'avoir la trique.

— Bon. Je ne te transformerai pas en commando des Forces spéciales en quelques heures. Tu t'es déjà servi d'une arme au moins ?

— Quand j'étais ado, je me soûlais et je dégommais des canettes de bière avec un fusil de chasse au bord de la rivière… Sinon, plus récemment, j'ai tiré dans une fenêtre.

— Tes frères Mashburn risquent de représenter un défi légèrement plus difficile.

27

DUTCH et Ferris entrent dans l'appartement de Remo.

Ils trouvent Chicken Wing saucissonné par terre avec les rallonges électriques. Son visage enflé est encore échauffé des coups que Remo lui a portés.

Ferris ricane.

— Tu parles d'un dur.

— Je t'encule, sale suceur de bites d'enfoiré de sac à merde de…

— Relève-le ! dit Dutch à Ferris.

Ferris part aider son petit frère. Dutch se penche au-dessus de Chicken Wing, l'examine grossièrement.

— Tu penses que ton comportement a pu saper quelque peu l'élément de surprise ?

— Pour sa défense, intervient Ferris, Lester avait déjà fait capoter cette partie.

Avec l'aide de son aîné, Chicken Wing termine de se libérer. Tentant de préserver son orgueil, il ajoute :

— Et moi, j'ai fait capoter Lester.

— T'as du pot que Remo ait pas couru chez les flics, dit Ferris.

— Remo a essayé de s'échapper, chouine Chicken Wing, sur un ton toujours plus défensif.

— Et ? interroge Dutch.

— Et je lui ai mis les points sur les i.

Ferris hausse les sourcils.

— Ouais, à ce que je vois, tu l'as vachement impressionné.

Si ses yeux avaient été des revolvers, Ferris aurait logé quatre-vingt-dix-sept balles dans la tête de son cadet. Enfin libéré de ses liens, Chicken Wing se jette sur son frère et le plaque au sol. Ils luttent comme seuls deux frères homicides peuvent le faire. Un coup de poing sur trois ou quatre atteint sa cible, un coup de pied ici ou là. Ces gars sont rodés à la castagne, et capables d'encaisser les coups tout autant que d'en délivrer.

Dutch les laisse se battre un moment ; ils ont besoin d'évacuer leur agressivité. Puis il jette un regard vers une pendule et décide que ça suffit.

— Stop. (Les deux frères se séparent aussitôt, comme si Dutch était leur père et qu'il venait de sortir sa ceinture.) S'il n'a pas déjà été trouver les flics, il n'ira pas. Il a trop à perdre. Il faut juste qu'on modifie nos plans. (Il se tourne vers Ferris.) On a toujours les tickets de sortie ?

Ferris hausse les épaules.

— Tant qu'on peut sortir la cargaison de la ville.

— Dans ce cas, on ne change rien. On récupère notre fric, on fait regretter à Remo d'être venu au monde, et on prend de longues vacances. (Dutch considère le luxueux appartement autour de lui.) Retournez la piaule. Trouvez où il est. Il doit être parti quelque part où il se croit en sécurité. On ne va pas attendre son invitation.

Dutch balaie du regard les quartiers de Remo. Il songe à ses anciens quartiers à lui. Le placard. La taule. Le studio de trois mètres sur deux qu'il occupait à Rikers pendant son séjour à l'ombre.

Dutch se remémore sa première nuit là-bas, quand Rudy avait essayé de le baiser. Littéralement. Rudy devait trimballer des espèces de traumatismes paternels – soit ça, soit il fantasmait sur les types plus âgés, vu que Dutch avait bien vingt ans de plus que le môme. Dutch se rappelle s'en être beaucoup voulu de l'avoir étouffé après lui avoir arraché un œil. Pas par remords d'avoir ôté la vie à une créature de Dieu. Et puis quoi encore ? Dutch avait simplement détesté l'idée que ce putain de détraqué ait probablement bandé pendant qu'il l'étranglait... jusqu'à ce qu'il crève bien sûr.

Ce temps à Rikers, il le devait à un seul homme : Remo. Aujourd'hui, Dutch se tient là, dans ce superbe appartement, où Remo mange, dort, chie et baise. Il baise sans doute des jolies femmes par paquets. Sûr qu'il se prélasse en caleçon devant la télé, sans connaître la peur constante d'être victime d'un viol collectif. Remo fait probablement de bons repas, il ne connaît pas les moments d'angoisse dans la file de la gamelle. Ces moments où tu surveilles ton angle mort, au cas où un de ces enculés voudrait montrer aux autres détenus combien il est coriace en liquidant Dutch Mashburn.

Non, il est quasiment sûr que rien de tout ça n'était un problème ici pour Remo.

Si ça n'était pas clair avant, ça l'est maintenant, comme de l'eau de roche... Dutch déteste ce putain de Remo Cobb. À mort.

Conformément à ses ordres, ses deux plus jeunes frères saccagent l'appartement, fourrageant tels des ours affamés en quête d'un quatre heures. Les tiroirs de la cuisine sont sortis, vidés, jetés. Les assiettes volent comme des frisbees contre les murs aux coloris terre et se fracassent, les morceaux jonchant le sol. Chicken Wing retourne le matelas géant tandis que Ferris fouille la commode sans égards pour les délicates finitions de chêne.

Penché au-dessus du bureau de Remo, un œil sur ses frères, Dutch cherche un indice. Qu'ils s'occupent de soulever les trucs lourds, lui fouille parmi les dossiers, vérifie les cartes de visite traînant parmi les papiers – essentiellement des salons de massage. Des numéros de portable de strip-teaseuses ici et là, une carte de métro perforée. Il ouvre un tiroir, trouve une liasse de factures, les feuillette, trouve quelques factures de consommation diverses adressées à Remo pour un logement situé à East Hampton.

Il les compare aux autres factures.

Dutch sourit, intérieurement – les sourires visibles, c'est bon pour les femmes, les enfants et les pédés. Il se tourne vers un ordinateur portable ouvert sur le bureau et se connecte à Google Maps. Entre le point de départ et l'adresse de destination. Une jolie ligne bleue montre l'itinéraire. Pas si inutiles, finalement, ces ateliers en prison.

Il appelle ses frères.

— On le tient.

QUATRIÈME PARTIE

(Ils vont me manger tout cru)

28

Le martèlement métallique des coups de feu cogne derrière eux.

Remo et Hollis se tiennent devant une table remplie de flingues, de flingues, et encore de flingues. Un époustouflant buffet de puissance de feu. Remo est pris d'une forme mutante de jubilation juvénile. Quant à Hollis, on dirait qu'il achète du dentifrice.

— Il me faut une Kalach, dit Remo.

— Non, répond Hollis sans tourner la tête.

— J'aimerais bien en avoir une.

— Tu vas te blesser avec une Kalach. Donne-moi deux de celles-ci, Terry.

Terry, vieille tranche de viande séchée déchirée par la guerre, est le fier propriétaire du Click and Pow, havre pour passionnés d'armes à feu et pour toute personne amatrice de gros calibres. Chaque mouvement qu'il réussit à effectuer lui tire un grognement d'effort ; les années ne lui ont pas fait de cadeau. Terry tend à Hollis deux Sig Sauer 9 mm rutilants.

Hollis commande ses flingues comme il commanderait des petits pains dans une boulangerie.

— Un comme ça.

Terry se retourne et part chercher l'arme sur le râtelier.

— Crosse ?

Hollis réfléchit.

— Pistolet. Et aussi un de ceux-là.

Remo n'a pas la moindre idée de ce qui se passe.

À l'extérieur, Hollis progresse au côté de Remo sur un parcours tactique simulant un combat en intérieur. Hollis juge l'exercice loin de la réalité : rien à voir avec le fait de se trouver enfermé entre quatre murs en compagnie de meurtriers multirécidivistes. À dire vrai, ce genre de situation est impossible à simuler, mais ils font avec les moyens du bord.

Avec ses faux murs, formant de fausses pièces et de faux couloirs, le parcours offre cependant un environnement potable pour s'entraîner à entrer et sortir d'une pièce, dans des conditions identiques à celles d'un individu lambda qui se verrait forcé d'agir de la sorte. En guise de cibles, des silhouettes humaines surgissent devant vous sans prévenir. Parfois, ce sont des enfants avec des sucettes, d'autres fois des hommes masqués, armés de .45. Les personnages n'ont aucun type ethnique particulier, histoire de ne pas offenser les maniaques du profilage racial.

Remo est équipé d'un fusil à pompe Mossberg de calibre 12 avec crosse-pistolet. Une cible surgit.

Il ouvre le feu.

Sous le choc du recul, le fusil vole de ses mains et va glisser dans la terre, soulevant un nuage de poussière.

— Putain de merde !

Remo agite ses mains devant lui pour en reprendre le contrôle.

Hollis s'approche, une sangle et une grenadière bricolée par Terry entre les mains. Il ramasse le fusil, sort une paire de mitaines tactiques rembourrées aux points stratégiques.

La panique commence à gagner Remo.

— Je n'y arriverai jamais. J'aurais aussi vite fait de me tirer une balle.

Remo ne plaisante qu'à moitié. Il dégaine le Sig Sauer et tente de se le fourrer dans la bouche. Hollis le désarme sans effort, lui confisquant le pistolet aussi facilement qu'il reprendrait un couteau à beurre des mains de son fils de deux ans.

— Je suis baisé, hein ? C'est couru d'avance.

Hollis le rassure d'un regard – celui d'un homme qui connaît deux ou trois choses sur l'art du *pan pan pan*. Fixant la grenadière à l'arme et y insérant la sangle, il passe la bandoulière au-dessus de la tête de Remo, transformant le Mossberg en une espèce de baise-en-ville. Le fusil à pompe pend sur sa hanche, désormais facilement accessible mais ne risquant plus de lui échapper.

Hollis enfile les gants tactiques adaptés au maniement des armes sur les mains douces et manucurées de Remo. Hollis et ses potes sont du genre à s'envoyer des bières après une mission rondement menée et à se moquer de ce genre d'accessoires, mais aujourd'hui, il réalise qu'ils ont leur place : sur les petites mains de pute de Remo.

Hollis parle sur un ton égal, mesuré. Il ne veut pas foutre la frousse à Remo, sans pour autant le prendre pour un con.

— Ces mecs sont violents depuis la naissance. Ils ont une bonne longueur d'avance sur toi aux rayons tueries et testostérone.

— Tu ne m'aides pas, Hollis.

— Mais toi tu as l'avantage de jouer à domicile et d'être mieux équipé, dit-il en pointant le doigt vers le "méchant" cartonné. Regarde ce que tu as fait à ce type.

Le tir de Remo a déchiqueté la cible du nombril au front. S'il s'agissait d'une vraie personne – un des frères Mashburn –, il serait en train de couler un bronze fumant en enfer à l'heure qu'il est.

Hollis tapote le fusil à pompe pendant contre la hanche de Remo.

— Ce truc est un fusil à pompe semi-automatique à emprunt de gaz Mossberg canon de 12. Idéal pour le combat rapproché. Tu vises et tu tires. Impossible de rater.

Remo jette un regard à la cible estropiée. Il commence à se calmer un peu.

Hollis continue du même ton posé d'entraîneur ou d'enseignant, dans le but de regonfler la confiance de Remo, de le transformer en un tueur assez bon pour survivre à la situation.

— Réessaie avec la bandoulière. Sens son poids, habitue-toi au bruit et au recul.

Remo attrape la poignée avec un hochement de tête mal assuré. Hollis adresse un signe à un employé du parcours et se remet à avancer au côté de Remo.

Ils passent un angle. Remo balaie la zone, le Mossberg au creux du bras : R.A.S. Ils entrent par une porte.

Une cible se lève.

Remo tire.

La cible explose comme une merde.

Une fois de plus, le fusil saute des mains de Remo, mais cette fois-ci, il fait juste le tour de sa ceinture. Une autre cible se lève. Remo parvient à rattraper le fusil sur sa hanche, tire à nouveau. Pas très fluide, mais mieux.

Il lance un regard à Hollis.

Pas mal ?

Peut-être.

Ouais ?

Lueur d'espoir.

29

Lester n'arrive toujours pas à croire avec quelle facilité il a réussi à trouver l'adresse de Remo. Quelques questions poliment posées ci et là, quelques clics de souris sur les bons sites, et bingo.

On peut trouver n'importe qui.

Il frappe à la porte. Promène ses doigts sur sa bible. Attend. Caresse la couverture de cuir. Il baisse la tête, avise sa dégaine. Il porte encore les habits de l'hôpital. Il a beau être un ex-tueur, un ex-voleur et un ex-détenu, la brebis de Dieu récemment repentie qu'il est apprécie peu de courir les rues de New York affublé d'un T-shirt quelconque et d'un bas de survêtement merdique.

Personne ne répond. Lester frappe à nouveau, colle son oreille contre la porte.

Rien.

Il jette un coup d'œil dans le couloir pour s'assurer qu'aucun gêneur innocent ne l'observe. Tourne le bouton. À sa surprise, la porte s'ouvre. Il entre dans l'appartement, ne s'étonne pas de le trouver sens dessus dessous. Inutile d'être un génie du crime pour deviner que Dutch et ses frères sont passés par là. L'endroit est complètement saccagé, pas un centimètre carré n'a été épargné.

Lester sait que c'est probablement inutile, mais il cherche néanmoins Remo du regard, des fois qu'il se viderait de son sang dans un coin. Jamais Dutch ne partirait en lui laissant une once de vie, mais il faut vérifier toutes les possibilités. Et tant qu'il est chez Remo, pourquoi ne pas voir si quelque chose ici pourrait l'aider dans sa mission de miséricorde.

Lester entre dans le dressing long comme une piste d'atterrissage et trouve l'impressionnante garde-robe de Remo. Remo et lui ne font pas exactement la même taille, mais pas loin. Fouillant parmi les habits sur mesure, il tombe sur une jolie chemise à col boutonné bleu marine, avec le nom d'un gusse italien sur l'étiquette. Il essaie deux ou trois pantalons avant d'en trouver un qui fasse l'affaire. Belle coupe, beau tissu. Complète la tenue d'une paire de mocassins de marque à semelles en caoutchouc.

Sur une étagère en hauteur, Lester aperçoit une valise à roulettes de taille moyenne. Il y entasse davantage de vêtements puis y glisse sa précieuse bible, bien à l'abri entre un pantalon et deux paires de chaussettes. Il fait un saut rapide dans la salle de bains, vérifie au passage derrière le rideau de douche, dès fois que. Pas de Remo. Lester en profite pour se filer un coup sur les dents en étalant du dentifrice sur son doigt.

Rince.

Recrache.

Il tire sa valise dans la cuisine. Pas grand-chose ici, mais il trouve tout de même quelques denrées non périssables : une conserve de soupe, quelques crackers. Ça pourra toujours caler une fringale. Il y a de la monnaie dans la grande coupe sur le plan de travail ; Lester se sert. Sur l'îlot de la cuisine, dans un support en bois, il trouve une collection de couteaux à découper. Lester les inspecte, sachant qu'il aura sans doute besoin de plus que de ses mains et de sa foi pour arrêter ces putains de frères Mashburn. Il prend le plus grand des couteaux, un immense instrument de boucher.

Il glisse l'arme blanche dans la poche supérieure de la valise puis remonte la fermeture Éclair. Lester préférerait le garder sur lui, mais il ne peut décemment pas déambuler dans les rues de New York un couteau à la main. Enjambant les débris qui jonchent l'appartement, il tire la valise à travers le salon quand elle se bloque tout à coup. Lester se penche et découvre une batte de base-ball coincée sous les roulettes du bagage. Il ramasse la Louisville Slugger. Encore un truc qui pourrait s'avérer utile dans les prochaines heures.

Il jette un dernier coup d'œil à l'appartement. Lester a déjà parcouru un sacré chemin, il doit bien y avoir un indice ici pour l'aider à pousser un peu plus loin. C'est le Seigneur qui a guidé ses pas jusqu'ici. Hors de question qu'ils s'y arrêtent. Ne voyant rien qui puisse le renseigner, Lester sent poindre un découragement.

Pauvre petit Remo. Perdu et livré à lui-même.

Tirant son nouveau bagage rempli d'armes et de vêtements propres – ajouts récents à sa maigre collection d'affaires personnelles –, Lester se dirige vers la sortie. Arrivé devant la porte, il se retourne et regarde une dernière fois derrière lui.

Son regard se fixe sur quelque chose.

L'ordinateur portable de Remo. L'écran est noir, mais le petit voyant vert indique qu'il est allumé. Lester déplace la souris.

L'écran s'illumine.

Il affiche une carte Google Maps et un itinéraire jusqu'aux Hamptons. Lester l'examine, puis regarde sur le bureau. Juste à côté de l'ordinateur, il trouve les factures que Dutch a sorties.

Lester clique sur imprimer.

30

Ferris conduit. Dutch, dans le siège passager, est occupé à charger un fusil au canon grossièrement scié. À l'arrière, Chicken Wing vérifie son .357 et aiguise un couteau de chasse – celui qu'il range contre sa cheville, pour le combat très rapproché. Rien à voir avec les armes tactiques haut de gamme de tueurs professionnels entraînés. Leurs armes sont celles d'hommes élevés dans la violence de foyers brisés, de quartiers en déliquescence, avec des modèles merdiques.

Quelque chose semble chiffonner Ferris. Il a passé en revue tous les scénarios possibles pour la marche funèbre qu'ils entreprennent. C'est ainsi que Ferris fonctionne. Chicken Wing fonce tête baissée ; Ferris réfléchit. Il s'efforce d'étudier tous les angles. Peu importe la brutalité de l'objectif final, Ferris fait marcher ses méninges. Il y a un angle qu'ils n'ont pas envisagé.

— On est sûr qu'il est seul ?

Un silence tombe dans la camionnette tandis que Chicken Wing lui-même accorde une seconde d'attention à la question. Il livre sa réponse sur un ton plein d'une sagesse impulsive.

— Bien sûr. Personne peut le pifer, ce trou du cul.

— Lester a essayé de l'aider, rappelle Ferris. Pourtant Remo l'a envoyé en taule. Je dis seulement qu'on n'en sait rien.

Dutch réfléchit. Pas Chicken Wing. Il a bien essayé le costume, mais ça ne lui convient pas. Chicken Wing veut seulement du sang et devient un sale gosse capricieux quand il n'a pas sa dose.

Dutch, en ce qui le concerne, sait que les réponses à la plupart des questions essentielles se trouvent généralement quelque part à mi-chemin entre ces deux attitudes. La solution à une situation donnée consiste rarement à opter pour un extrême ou l'autre. Neuf fois sur dix, ça ne se résume pas à "se tourner les pouces" ou à "tirer sur tout ce qui bouge". Voilà le yin et le yang du monde de Dutch : Ferris et Chicken Wing, et leurs philosophies conflictuelles. Parfois, l'un des deux propose la ligne d'action appropriée, mais ici, Dutch pense que la solution se trouve dans un entre-deux. L'enjeu est trop grand pour laisser la place aux querelles partisanes – ou à la castagne partisane.

Dutch rend sa décision.

— Passez quelques coups de fil. Trouvez des gros bras dans le coin cherchant à se faire quelques billets rapides.

31

East Hampton.

De somptueuses propriétés qui se déploient sur la côte new-yorkaise. Le lieu de villégiature des plus fortunés. La résidence secondaire de Remo. Sa tanière à médiations, son refuge privé, son baisodrome. La demeure est située dans une zone où les maisons donnent sur la plage.

Un coin idéal pour échapper à la vie pendant quelque temps.

La charmante bâtisse de style victorien est pourvue d'un étage et entourée d'une longue galerie couverte. Derrière la maison, le jardin s'étire jusqu'à la plage. À l'avant, un épais rideau d'arbres isole les lieux et préserve les occupants des regards inquisiteurs de voisins casse-couilles.

Dans l'allée en arc-de-cercle est garé le 4 x 4 Lexus de Hollis, deux sièges enfant fixés sur la banquette arrière. Même un dur à cuire certifié doit pouvoir transporter ses mômes à l'école en toute sécurité.

L'écho sourd d'un martèlement répétitif s'échappe de l'intérieur de la maison.

Dans le salon, Hollis s'active avec un pistolet à clous électrique. Remo l'assiste en tenant à bout de bras de longues bandes de matériaux de toiture. Les deux hommes sont en train de fixer devant une fenêtre un des matelas qu'ils viennent d'acheter. L'organisation de la défense bat son plein. Toutes les autres fenêtres sont déjà pourvues de matelas solidement fixés.

Hollis tourne la tête et inspecte son œuvre. Pas mal. C'est loin d'être parfait, et ça ne résisterait pas longtemps sur un théâtre militaire, mais pour une petite fusillade entre potes… ça le fera.

— Là-haut tout est bon, annonce-t-il à Remo avec un hochement de tête d'encouragement, avant de reprendre sa tâche, inspectant les lieux, planifiant la stratégie en perspective de l'assaut imminent.

Remo le suit comme un enfant, observant chaque geste, buvant chaque parole. Poursuivant sa ronde, Hollis frappe contre les piliers du salon. Habituellement, un état des lieux ne prévoit pas une évaluation minutieuse de la résistance de la maison en cas de face à face avec des psychopathes.

C'est une idée à creuser.

Hollis continue ses vérifications, examinant son œuvre en briefant Remo.

— T'inquiète pas pour les munitions. Tu en as assez pour envahir le Connecticut. (Hollis retourne près du pilier du salon et y donne un bon coup d'épaule.) Si tu te retrouves coincé en bas et que tu doives te mettre à couvert, protège-toi derrière celui-ci. C'est un pilier porteur. Il encaissera bien les tirs.

Remo possède beaucoup de défauts, mais l'ingratitude n'en fait pas partie. C'est juste qu'il n'est pas doué pour exprimer sa reconnaissance. Dans sa branche – dans sa vie même – "s'il vous plaît" et "merci" sont des mots qu'il utilise peu. Et quand il le fait, c'est généralement pour baiser la gueule de quelqu'un. La reconnaissance sincère a du mal à s'exprimer. Remo fait néanmoins une tentative :

— Dis donc, mec, je voulais juste…

— Rappelle-toi, le coupe Hollis. Tire sans hésiter.

— Hollis…

— T'auras sans doute vingt, trente minutes grand max avant que les flics déboulent.

— Est-ce que je peux dire quelque chose ?

Hollis continue sa revue des points sur sa liste sans lui laisser le temps de parler.

— Ah, oui… Tu attends que je sois parti et ensuite tu les appelles. Les frères Mashburn.

— Hollis !

Hollis suspend la revue de son plan de bataille et se tourne vers Remo. Il est passé maître dans l'art de regarder les gens sans rien leur dévoiler. Il ne projette ni gentillesse ni sympathie, ni haine ni mépris. Juste une expression indéfinie.

Remo déteste cette expression, mais il continue tout de même.

— Tu n'étais pas obligé de m'aider.

Il se met à faire les cent pas dans le salon, tripote la sangle du fusil à pompe, pince la grenadière entre ses doigts comme une fillette tire sur sa robe du dimanche. Remo n'est pas à l'aise avec ce genre de sujet, il baisse les yeux sur ses chaussures.

— À ta place, la plupart des gens ne m'auraient même pas pissé dessus si j'étais en train de m'enflammer. Mais toi tu as mis de côté nos différends. Je tenais juste à te dire…

Remo laisse sa phrase en suspens. Bon sang, comment les gens font-ils pour débiter ce genre de discours à longueur de temps ? Déballer ainsi leurs putains de sentiments. Cela dit, il réalise qu'en vidant son sac il se sent mieux. Le poids commence à s'alléger : il est en train de dire merci à Hollis, et il est sincère.

C'est un début.

Remo sent un doux bien-être le réchauffer tandis qu'il prend conscience de cette vérité. Ce petit pas dans son développement personnel lui procure une grande fierté, et c'est presque avec un sourire épanoui qu'il s'apprête à conclure son moment de remerciement solennel. Remo relève la tête, et découvre…

Que Hollis est parti.

Remo cligne des yeux, se retourne. Hollis n'est plus dans la maison. Remo termine tout de même d'exprimer sa pensée.

— Merci.

La gravité de sa situation refait insidieusement surface dans son esprit.

Son rendez-vous avec les Mashburn.

Tout d'un coup, il n'y a plus aucune trace de la sensation de chaleur et de bien-être.

Remo se remet à faire les cent pas.

À l'extérieur, une camionnette approche. Les grands méchants sont arrivés. Le scénario catastrophe est là.

Les frères Mashburn descendent du véhicule.

Scrutent la zone.

Vérifient la carte Google.

Vérifient leurs armes.

Le portail marquant l'entrée de la propriété de Remo se dresse à quelques mètres. Des arbres bordent l'entrée et ses alentours. Les frères n'échangent pas un mot ; ils ne partagent qu'un objectif : mettre la main sur leur argent durement gagné, et tuer Remo… l'ordre importe peu.

Chicken Wing bouillonne d'énergie hystérique.

Ferris est sur ses gardes. Il se contrôle. Mais au premier coup de feu, il lâchera la bride à sa violence.

Dutch affiche la confiance héritée d'une vie de psychopathe menée avec brio.

Tels les messagers de la mort fondant sur Remo, les trois frères entament leur marche irrévocable et déterminée.

À l'intérieur de la maison, Remo use le parquet à force de l'arpenter, pareil à un père dans une maternité. Il est à deux doigts de s'arracher les cheveux, rongé par ses pensées. Rien ne vous prépare réellement au genre d'action qui l'attend. Il jette un coup d'œil à la liste que Hollis lui a dressée juste au cas où la panique lui ferait tout oublier. Remo avait trouvé l'idée de Hollis ridicule, mais à présent, il comprend que Hollis avait raison. Il commence à flipper et oublie toutes les consignes, y compris la première.

Garder son putain de calme.

Remo passe à la numéro 2.

Il attache son gilet en Kevlar et inspire un grand coup en s'efforçant de se concentrer, de trouver un état d'esprit qui lui permette d'être opérationnel. Il sait qu'il n'y a pas d'échappatoire.

Il vérifie à la fenêtre : le soleil commence à se coucher. L'heure est venue de passer le coup de téléphone. Il y rechigne, mais c'est l'heure. Remo sort son téléphone, prêt à composer le numéro.

Avant qu'il puisse le faire, le portable sonne.

Remo le lâche et le rattrape au second rebond. La gorge serrée, il décroche.

— Sacrée propriété, Remo.

La voix de Dutch lui glace le sang.

Muet de stupeur, Remo sent la panique le paralyser.

Il grimpe l'escalier à toute allure, avec la grâce d'une bufflonne pleine. Se laisse glisser sur le parquet à l'entrée de la chambre et tombe à genoux dans une sorte de roulé-boulé pour se placer en position devant le fusil à lunette disposé par Hollis. Sa respiration est laborieuse, en partie parce qu'il vient de courir, mais surtout à la pensée que des tueurs fous et armés viennent de pénétrer dans son jardin.

Remo appuie son œil contre la lunette et voit sa pelouse parfaitement manucurée. Elle est déserte. Paisible. On pourrait presque croire que le verdoyant tapis se prépare lui aussi pour la guerre.

Remo attrape son téléphone. Il n'a plus une goutte de salive.

— On fait quoi maintenant ?

— Eh bien, tu pourrais sortir avec l'argent.

— Ma foi, je suis bien installé à l'intérieur, Dutch, répond un Remo tremblotant.

Derrière la ligne d'arbres, Dutch s'est mis à couvert. Il dispose d'une bonne vue sur la façade de la maison. Ce n'est pas la première fois que Dutch prend une maison d'assaut, même si habituellement, il s'agit plus souvent d'une piaule sordide ou d'un labo de méth pourri et crade dans un coin perdu. Ici on monte de plusieurs degrés dans l'échelle fiscale, mais les mêmes méthodes s'appliquent. Jolie baraque, songe Dutch. Pour l'instant.

À quelques arbres de là, Ferris observe les lieux, tendant l'oreille, à l'affût, cherchant à déterminer le meilleur angle d'approche.

Encore quelques arbres plus loin, il y a Chicken Wing. Glock dans une main, .357 dans l'autre. C'est le genre de moments qui le font vibrer.

Ferris lance un regard à Dutch et un échange quasi télépathique s'engage entre les deux frères. Manifestement, la situation ne leur plaît pas.

Chicken Wing a juste envie de faire saigner quelqu'un.

Dutch répond.

— Je préférerais que ce soit toi qui sortes. Ça fait un bail qu'on s'est pas vus.

Remo garde l'œil collé au viseur, complètement pétrifié. Il a entendu la réponse de Dutch, mais pour l'instant, il se concentre pour ne pas se pisser dessus. Il a vu les rapports d'autopsie, les a lus, et sait qu'ils font le tour des cabinets d'avocats de la ville.

La victime a mouillé son pantalon avant de se faire tuer.

Pas vraiment le genre de souvenir qu'un type souhaite laisser de lui.

32

Son œil est collé si fort contre la lunette du fusil que les deux ont presque fusionné.

De grosses gouttes de sueur perlent sur son front.

Son cœur joue de la grosse caisse dans sa poitrine.

Remo déplace son fusil de droite à gauche pour essayer de garder les frères Mashburn dans son viseur, tenter de suivre leur progression, mais ils n'arrêtent pas de bouger derrière le rideau d'arbres, améliorant leurs positions. Ça ne lui facilite pas la tâche.

Les Mashburn n'en sont pas à leur premier rodéo…

Derrière son arbre, Dutch alterne les coups d'œil entre ses frères et la maison. Il s'efforce d'analyser la situation. Où est Remo ? Que trame-t-il derrière ces murs ? Le vocabulaire excepté, Dutch s'adresse à l'avocat sur le ton qu'il utiliserait pour parler à sa mère.

— Allez, balance-nous ce putain de fric et ensuite on ira se boire une bière dans un bar du coin. On rigolera de toute cette histoire.

Remo reçoit parfaitement le message, pas si subtil d'ailleurs. Dans tous les cas, il est un homme mort.

— Désolé, mais je dois faire un truc après, répond Remo.

Les broussailles craquent derrière Dutch. Il se retourne : les gros bras du coin sont là. Si c'était son genre, Dutch aurait souri. Il est maintenant raisonnablement convaincu d'avoir l'avantage sur Remo, peu importe ce que ce connard lui réserve à l'intérieur de la baraque. Il lance en direction de la maison :

— Voilà ce que je te propose. J'envoie Chicken Wing à la porte d'entrée. Et si tu manques d'hospitalité…

Remo ajuste le viseur. Ses yeux sortent de leurs orbites lorsqu'il voit Chicken Wing émerger du rideau d'arbres. Remo n'est pas peu fier de voir que le traitement qu'il a infligé à Chicken Wing a laissé ce dernier dans le même état qu'une rencontre avec un gros dur. Il expire longuement avant de répondre :

— S'il joue pas au con, je jouerai pas au con.

Chicken Wing amorce quelques pas à découvert et entre sur la pelouse pour se diriger vers la façade de la maison. Il jette un coup d'œil autour de lui : rien en vue. Un flingue dans chaque main, il se met en marche sur le gazon luxuriant.

Bien calé à l'étage, Remo titille la détente, son doigt tâtonne. Il décolle son œil de la lunette, éponge son front en nage, puis reprend sa position. Il se dit : je devrais vraiment l'allumer.

C'est plus difficile qu'il ne l'imaginait.

Chicken Wing continue d'avancer à une allure régulière. Il ne court pas mais ne lambine pas non plus. Le pas calme et décidé d'un tueur. Son esprit jubile à la douce perspective d'éclater le visage de Remo. C'est un jour magnifique. Chicken Wing se retourne vers Dutch, sourire jusqu'aux oreilles, et hausse les épaules. Ça va être du gâteau, je te jure.

Une détonation forte et sèche retentit.

Le tir explose l'épaule de Chicken Wing. Il fait un tour sur lui-même sous l'impact, mais reste debout sur ses jambes. Le Glock lui échappe et va atterrir dans l'herbe en silence. Un silence angoissant suit l'écho du coup de feu.

Le monde entier semble disparaître.

Chicken Wing est médusé. C'est pas possible. Durant une fraction de seconde, il songe : alors voilà ce que ça fait… Putain ça pue la merde de se faire tirer dessus. Jamais Chicken Wing n'a été, ni ne sera, si près de ressentir de l'empathie. Son épaule pisse le sang ; ce n'est franchement pas beau à voir.

Du côté de Dutch et Ferris, la surprise cède rapidement place à l'hostilité. Leur frère a beau être une plaie, un con fini, il reste leur frère, et ils ne tolèrent pas qu'on tire l'un des leurs comme un lapin.

Posté dans son perchoir, Remo en a le souffle coupé. Il n'arrive pas à croire ce qu'il vient de faire. Putain, la vache ! Il exulte, comme exultait le gamin devant le stand de tir de fête foraine à Cut and Shoot, Texas. À l'époque, il dégommait des bouteilles de lait avec une batte de base-ball.

Remo comprend enfin cette sensation dont ses clients font tout un plat, ce qui pousse tant de personnes à buter les gens qui les font chier. Voilà ce que ça fait de tirer sur un connard. Putain c'est le pied.

Chicken Wing tient son épaule avec la main qui porte le .357 et avance sur le gazon en se tordant de douleur. Il aspire entre ses dents par petites bouffées nerveuses. Le sang coule et dégouline entre ses doigts. Il voit rouge et un cri de guerre inhumain monte de ses entrailles. En comparaison, le cri d'un animal blessé est une douce musique. La plainte creuse chargée de rage cisaille le silence. Le hurlement corrosif et prolongé qui s'échappe de la gorge de Chicken Wing est de ceux qui n'évoquent rien moins qu'une bête mythologique.

Scrutant la scène depuis son mirador domestique, Remo sent son excitation adolescente retomber. Il prend conscience, avec une évidence écrasante, qu'il vient de réveiller un goliath en sommeil.

Merde.

Chicken Wing crie toujours quand Dutch et Ferris surgissent à découvert. Ni une ni deux, ils entament un tir de suppression nourri pour le couvrir. Des vagues sporadiques criblent fenêtres et murs de l'étage. Dutch passant son bras sous l'épaule de Chicken Wing, ils progressent vers la maison sans cesser de canarder l'étage.

Remo écarquille les yeux. Les balles sifflent autour de lui, trouant les murs et cassant les fenêtres. Protégeant ses yeux des éclats de verre, il s'accoude à nouveau devant son arme, mais avant qu'il puisse poser son œil contre le viseur, il voit par la fenêtre brisée trois gros bras surgir de derrière les arbres – du genre durs à cuire – et avancer en direction de la maison. Carrés comme des *quarterbacks*, armés comme une équipe du SWAT, ils marchent derrière les Mashburn. Remo n'a jamais vu ces gusses, il ignore qui ils sont. La petite armée progresse bruyamment et comme un seul homme vers la galerie de devant, gueules menaçantes et gros flingues prêts à l'emploi.

Le monde de Remo se met à tourner au ralenti – on dit que c'est ce qui se passe lors d'un accident de la route ou quand la mort vous frôle. Ses pensées explosent, se compriment, puis explosent à nouveau.

C'est comme ça que son père est mort.

C'est comme ça qu'il va mourir.

C'est ainsi que son fils se souviendra de lui, se pissant dessus avant de mourir d'une façon horrible.

Qu'est-ce que Hollis lui a dit avant de partir ?

Ah oui, quelque chose à propos de tirer sans hésiter.

Oubliant le viseur, Remo commence à tirer à l'aveuglette, enchaînant les tirs à un rythme impossible sous une pluie de mitraille, de verre et de plâtras rebondissant autour de lui.

Les balles s'accumulent par poignées sur la pelouse. La plupart de ses tirs ratent l'apocalypse en marche arrivant sur lui, sans même les ralentir d'un iota. Et puis, coup de chance, un tir porte. Un des costauds qu'il ne connaît pas voit sa jambe se dérober. En fait, son genou a virtuellement explosé. Remo prend le temps de viser et tire une nouvelle fois sur le gros bras temporairement immobilisé. Le projectile à haute vélocité touche le type à la poitrine, et le couche violemment au sol.

Remo ne s'appesantit pas sur ses lauriers. Un jet de salive jaillit de sa bouche tandis qu'il braille son propre cri de guerre, canardant de bon cœur, jusqu'à…

Clic !

Clic !

Alors qu'il cherche nerveusement à recharger, Remo perçoit des bruits au rez-de-chaussée.

Un martèlement.

Des coups de pied.

Quelqu'un essaie de défoncer la porte d'entrée. Un fracas de verre assourdi par le matelas double épaisseur protégeant la fenêtre.

Remo se rue vers l'escalier, fusil à pompe en bandoulière ballotant sur sa hanche comme un baise-en-ville pour salopards. Il descend l'escalier à la manière d'un toboggan et est à deux marches du sol quand la porte reçoit une décharge de calibre 12 ; le bouton passe droit devant sa tête. Une seconde décharge fait sauter la serrure de sécurité.

Une des brutes passe le poing au travers de la porte et le panneau éclate, dévoilant un colosse armé d'un AR-15. L'archétype du gros dur… jusqu'à sa rencontre avec la décharge de fusil à pompe servie par Remo. Tout comme au champ de tir, le Mossberg échappe aux mains de Remo, mais la bandoulière l'empêche de voler hors de portée. Remo s'empresse de le rattraper.

Le type traverse la porte dans l'autre sens et s'écroule sur les lattes du porche comme une carcasse de bœuf. Dutch et Ferris regardent le corps tomber, le sang pissant de la blessure. Dutch fait signe à Ferris de contourner la maison avec l'autre brute épaisse encore en vie.

Avant d'obéir, Ferris lance un regard à Chicken Wing – ça va ? –, auquel Chicken Wing répond d'un geste de dédain. Pas l'heure de jouer les mères poules. La rage de Chicken Wing anesthésie la douleur dans son épaule estropiée. Ferris et le gros bras s'éclipsent vers l'arrière de la maison.

Dutch et Chicken Wing prennent position de chaque côté de la porte d'entrée et le premier interpelle Remo :

— T'es un bel enculé. Aucun doute là-dessus.

Remo court se mettre à couvert derrière le pilier du salon certifié fiable par Hollis en braillant :

— Allons Dutch, je pensais qu'on avait dépassé le stade des noms d'oiseaux… petite connasse !

Pendant ce temps, Ferris et son complice franchissent l'angle de la maison pour déboucher dans le jardin donnant sur la plage. Sans les deux criminels assoiffés de sang et les virulents échanges de tirs pour gâcher le tableau, la vue du soleil couchant sur l'océan serait paradisiaque.

La tête de Remo ne cesse de pivoter d'un côté à l'autre. Il repère des mouvements sur le porche et entend les pas qui contournent la maison. Les Mashburn sont en train de le prendre en sandwich.

— T'es cerné, Remo. Abandonne, crie Dutch.

La respiration de Remo s'écourte, sa tension monte. Les murs lui semblent se rapprocher.

Dutch continue les pourparlers.

— Tout ce qu'on veut, c'est le fric.

— Il est là. Tout en pièces de dix cents. Ça te va ? répond Remo en riant sous cape.

Il constate avec satisfaction qu'il n'a pas perdu sa repartie.

Dutch secoue la tête avec un rictus désabusé. Un vrai comique, ce Remo. Chicken Wing, lui, rit jaune. Son sens de l'humour s'est fait la malle en même temps que son épaule. Dutch répond.

— On va entrer et on va te faire la peau, Remo. Mais je te propose tout de même un dernier accord. Tu nous files le fric…

Remo tend l'oreille.

— Et je ne découperai pas en morceaux un certain Sean.

Le sang de Remo se glace dans ses veines.

Il ferme les yeux, serrant les paupières, souhaitant que le prénom de son fils ne soit jamais sorti de la bouche de Dutch. Sa situation désespérée vient de dépasser le pire pour atteindre l'impensable.

Dutch poursuit son travail de sape.

— Qu'est-ce que tu croyais ? Qu'on ne le découvrirait pas ? C'est adorable. Je l'ai pas encore rencontré, mais à ce qu'on m'a dit, il est plutôt mignon. Sors de là, Remo. Si tu t'entêtes, tout ce petit monde va y passer et ça sera pas beau à voir.

Remo écoute. C'est tout ce qu'il peut faire. Il n'a plus aucun atout dans sa manche.

— J'ai une meilleure idée. Que dirais-tu que je t'embarque avec nous, histoire que tu vois ce que je vais faire à ton môme ? Ouais, ça me botte. Vous en pensez quoi, maître ? Plutôt sympa comme plan, non ?

Dutch parle du ton assuré d'un homme qui a toutes les chances dans sa poche. Toutes les chances peut-être, mais pas le fric que Remo lui a volé.

Ferris et le gros bras sont en position à l'arrière, armes prêtes à faire sauter la porte. Ferris tend l'oreille pour entendre ce que dit Dutch. Il se prépare, attend que Dutch donne le signal, n'importe lequel.

Dutch vérifie son .357, en se demandant laquelle de ses balles explosera la cervelle de Remo.

— Que décidez-vous, maître ?

Remo reste muet d'angoisse. Ses pensées défilent en tout sens à mille à l'heure.

Comment en est-on arrivé là ?

Qu'ai-je fait ?

À cause de moi, Sean et Anna sont en danger.

Putain. Je fais quoi maintenant ?

— Remo ? T'es toujours là, mon pote ? (Dutch joue le rôle de toute une vie.) Tu peux sauver la peau de ton mioche, là maintenant. J'ai une sainte horreur des comptes à rebours solennels, mais j'imagine qu'ils ont leur raison d'être. Je compte jusqu'à trois. Si tu sors pas, eh bien… c'est pas compliqué.

Remo ferme les yeux tandis que Dutch entame son décompte.

— Un…

De l'autre côté de la maison, Ferris et le gros bras tendent l'oreille, retiennent leur souffle.

— Deux…

Lèvent leurs armes en position.

Prêts à tirer.

Chicken Wing trépigne d'impatience; son doigt titille la détente de son .357.

— Remo? Il n'y aura pas de deux et demi.

Remo inspire profondément. Sa seule préoccupation est pour son fils, son Sean. Il y a sûrement des années que Sean aurait dû occuper exclusivement ses pensées. Non pas qu'il n'ait pas pensé à lui, mais il n'y pensait pas assez. Même un type comme lui est capable de se rendre compte de cela.

Ce que Dutch, en revanche, ne réalise pas, c'est que, sans ses menaces envers Sean, Remo aurait pu perdre sa détermination. Si seule sa propre vie avait été en jeu, Remo aurait pu flancher, foirer. Mais le fait d'ajouter dans la balance quelque chose de plus important que son existence déclenche en lui un regain de détermination. Voilà ce qu'un homme ressent quand il se soucie de quelqu'un d'autre plus que de lui-même. On l'a forcé à voir au-delà de sa personne, de son avenir, de sa carrière, de sa fortune. On lui a ouvert les yeux sur le fait que les événements qui se déroulaient ici pouvaient affecter une chose à laquelle il tenait vraiment. Il n'a peut-être plus rien à foutre de son propre sort, mais il se soucie de Sean. Sans la menace aventureuse de Dutch, Remo aurait peut-être pu commettre une maladresse, mais la seule maladresse commise aujourd'hui l'a été par Dutch.

Ce connard a impliqué le petit garçon de Remo dans cette histoire, et ça change toute la putain de donne.

Remo ouvre les yeux.

Il souffle, plus concentré qu'il ne l'a jamais été.

Serre le fusil à pompe entre ses mains.

Remo est plus tendu qu'un arc.

À partir de là, tout ce qui arrive se passe en un putain d'éclair.

— Trois.

33

Blam !

Les gonds de la porte de derrière sautent.

Remo pivote et braque son fusil à pompe. La porte, désolidarisée de son chambranle, tombe au sol dans un fracas et glisse sur le carrelage. Au même moment, un craquement se fait entendre sur le devant, tandis que Chicken Wing traverse une des fenêtres et se jette contre le matelas double épaisseur ; les clous qui le maintenaient en place s'arrachent et il s'abat au sol, Chicken Wing toujours dessus. Tout en glissant sur le parquet avec le matelas, Chicken Wing parvient à se remettre debout, le .357 crachant le feu.

Des morceaux du pilier derrière lequel Remo se cache volent en éclat.

À ce moment, Ferris et le gros bras investissent la cuisine. Remo ouvre le feu pour les repousser. Sans attendre, les deux intrus plongent à couvert chacun d'un côté.

Dutch entre par la porte de devant. Remo est pris en sandwich.

Chicken Wing continue de l'arroser et Remo se retourne en un éclair pour tirer une décharge de fusil à pompe, qui rate Chicken Wing d'un bon mètre.

Chicken Wing vise mieux.

Ses tirs fendent l'air et Remo reçoit une balle en plein centre de son gilet en Kevlar qui l'envoie tournoyer comme une toupie. C'est toujours mieux que s'il n'avait pas porté de gilet pare-balles, mais ça fait tout de même un mal de chien. Remo écope une deuxième balle, dans le bras ; la brûlure explose et lui traverse le corps. Il serre les dents sous la douleur aiguë qui enflamme son bras blessé. Son fusil retombe contre sa hanche.

Ferris arrive par-derrière, canon scié prêt à faire feu. Remo s'écroule sur un genou en tenant son bras, le souffle encore coupé par l'impact dans son gilet. Tandis qu'il pose un second genou à terre, Chicken Wing lâche une rafale incontrôlée de son .357 en hurlant comme un possédé. Ses tirs à l'aveuglette ratent Remo qui gesticule au pied du pilier.

Mais ils ne ratent pas tout le monde.

Ferris reçoit plusieurs balles de .357 dans la poitrine et le visage, lui arrachant de gros morceaux de chair brûlée et sanglante.

Clic-clic !

Chicken Wing n'a plus de balles.

Ferris s'écroule face contre le parquet, raide mort. Ce qui reste de sa tête rebondit sur le bois.

Chicken Wing est pétrifié. Incrédule. Je viens de tuer mon frère. La terrible réalité s'immisce dans l'esprit simple du plus jeune des frères Mashburn, elle s'entortille, elle l'étouffe. Remo voit une ouverture. Maintenant ou jamais. Rassemblant les forces qui lui restent et faisant abstraction de la souffrance la plus vive qu'il ait jamais connue dans sa vie exempte de douleur physique, Remo pose un pied au sol afin de remettre debout son corps blessé. Ses semelles dérapent, mais il tente tant bien que mal de garder son équilibre tandis qu'il court se réfugier dans un couloir. Dutch déchaîne un déluge de balles qui déchiquètent le sol sous les talons de Remo. Le gros bras l'imite, ouvrant le feu à son tour.

Remo se traîne jusque dans une pièce au fond du couloir, laissant derrière lui un sillage de sang. Il referme la porte sous les rafales qui traversent les cloisons. Il se retrouve dans son étude. L'endroit est rempli d'épais volumes alignés contre les murs, de matériel de bureau et d'autres trucs d'avocat. Au fond de la grande pièce, un bureau large et solide en chêne massif est installé devant la longue baie vitrée qui borde le mur opposé. Remo verrouille la porte et cale une chaise sous la poignée.

Il considère le sang qui s'écoule de son bras. Pas le temps de s'occuper de ça. Il court jusqu'au lourd bureau et, sollicitant l'énergie qui lui reste, Remo parvient à le renverser pour se mettre à couvert.

Dans le salon, une folie hystérique envahit Chicken Wing; des larmes de colère brouillent sa vision.

Un cri silencieux monte de sa gorge tandis qu'il serre ce qu'il reste de son frère dans ses bras. Sa bouche est grande ouverte mais rien n'en sort. Visage rouge sombre, veines saillant et palpitant sur son front et dans son cou.

Dutch, dans sa froideur inhumaine, n'accorde qu'une seconde de deuil à Chicken Wing. Puis c'est fini. Il s'approche de son frère et lui remet les idées en place d'une gifle avant d'aboyer une nouvelle fournée d'ordres.

— C'est pas le moment. Redescends sur terre.

Chicken Wing essuie ses larmes, tente de reprendre le contrôle de sa respiration. Dutch recharge le .357 et le glisse dans la main de Chicken Wing en disant:

— Tout ce que tu as dans le bide en ce moment, sers-t'en. Puise dedans... et tue-moi ce bâtard.

Accroupi derrière son bureau, Remo recharge le Mossberg à l'aide de son bras valide. Actionne. Serre les dents. Le bruit du mal descendant le couloir d'un pas lourd le fait trembler jusqu'aux os.

Tandis que Chicken Wing se rue dans le couloir, la puissance de son cri guttural s'amplifie. Dépouillé de tout reste d'humanité, Chicken Wing, telle une bête primitive, lance son corps de toute sa force contre la porte, sans plus se soucier de sa blessure à l'épaule. Encore et encore, il jette tout son poids contre le panneau de bois, le sang de sa blessure l'éclaboussant à chaque impact. Il recule, pour prendre son élan, et donne un grand coup de pied dans la porte.

Puis un autre.

Et un autre, suivi d'un autre...

QUITTANT la ville au volant de son Lexus, Hollis est tiraillé entre des pensées contradictoires. Il allume la radio, zappe entre les stations. Éteint. Il s'en veut. Ce sentiment se lit sur son visage. Il s'en veut d'accorder une seconde de ses pensées à Remo. Qu'il aille se faire foutre, bordel. Qu'il aille se faire foutre. Hollis sait que cette histoire sera bientôt derrière lui ; il aperçoit la bretelle d'entrée sur l'autoroute. Il en a assez fait pour cette enflure. Plus que quiconque ne devrait, ça ne fait aucun doute. Il rallume la radio.

Soudain…

Hollis repère un Escalade noir aux vitres lourdement teintées. Le moyen de transport des gangsters par excellence. Le genre de caisse qui fait carrément tache ici. On n'est pas dans le lieu de villégiature habituel de ces meutes sauvages. À moins d'avoir une bonne raison. Une raison qui compte, ou un compte à régler. Hollis observe l'Escalade lorsqu'il arrive à sa hauteur. La vitre conducteur baissée lui permet d'entrevoir les passagers… une équipe de gros bras prêts à en découdre.

Hollis sait qu'il n'y a pas trente-six endroits où ils peuvent se rendre. Aussitôt le véhicule croisé, Hollis réfléchit un moment, et un sentiment de reproche l'envahit. Il tâche de soupeser la gravité de la situation, d'apprécier la portée réelle des événements qui se jouent. Ces mecs se rendent chez Remo. C'est évident. Si Remo est encore en vie, il ne le sera plus très longtemps. Hollis tapote le volant. Frappe du poing.

— Bordel. Putain. De. Merde.

Les pneus du 4 x 4 crissent tandis qu'il fait demi-tour.

DANS la maison, Dutch grimpe l'escalier quatre à quatre en quête de son argent. Il entend Chicken Wing en bas qui perd complètement la boule, se déchaînant furieusement contre la porte derrière laquelle Remo s'est retranché. Dutch vide les placards, déplace les meubles.

Rien.

Un sentiment saisit Dutch… la peur.

Où est ce fric ?

Dans son étude, Remo est recroquevillé derrière le bureau renversé. Tout ce qu'il peut faire, c'est attendre en regardant la porte subir les assauts répétés de Chicken Wing.

Encore un peu et elle s'ouvrira.

D'une seconde à l'autre.

Remo cogite à toute vitesse, essaie d'établir une stratégie. Il lève la tête pour jeter un coup d'œil.

Smash !

Le gros bras traverse la fenêtre en tirant deux ou trois cartouches sans viser. Remo s'aplatit. Au même instant, la porte cède et Chicken Wing surgit, sa rage sanguinaire décuplée. La brute épaisse ouvre à nouveau le feu, obligeant Remo à rester caché derrière le bureau renversé. Une pluie de balles se déverse sur lui.

Chicken Wing investit la pièce et court comme un dératé vers le bureau, lâchant le .357 pour tirer son couteau. Il veut sentir la lame entailler, déchirer, découper la chair de Remo. Il veut saigner cet enculé en prenant tout son temps.

Caché, Remo entend les pas précipités de Chicken Wing se rapprocher, légèrement assourdis par le bruit des tirs du malfrat derrière lui. Mais il sait que le roulement de tonnerre annonce l'orage Chicken Wing.

Chicken Wing s'élance, prêt à sauter par-dessus le bureau et à planter son couteau dans le crâne de l'avocat.

À la dernière seconde, Remo se lève et tire une décharge à bout portant. La balle stoppe Chicken Wing en plein vol.

Le môme est presque coupé en deux.

Pendant que des bouts de chairs et d'organes s'éparpillent dans des bruits lourds et humides, le couteau de Chicken Wing finit dans la cuisse de Remo. Remo pousse un cri de douleur. Le gros bras continue de faire feu, ses tirs se rapprochent de Remo, qui se tortille par terre. Remo parvient à orienter le canon de son fusil à pompe dans la direction du malfrat. Son tir n'a pas besoin d'être parfait – il suffit de pointer et de presser la détente. Il enchaîne deux tirs rapprochés, explosant le torse du malfrat en charpie.

C'est loin d'être fini, et Remo le sait. Il retire le couteau de sa cuisse – dire que c'est douloureux constitue l'euphémisme de l'année. Il serre les dents, le visage livide.

Oh merde.

Remo saigne méchamment, chaque partie de son corps a de quoi l'inquiéter. Il a peur de tomber dans les pommes.

Il faut qu'il bouge.

DUTCH surgit à l'angle du mur, un .357 dans chaque main.

Remo se laisse tomber à plat ventre en parvenant à tirer deux coups de feu, qui repoussent Dutch hors de la pièce et l'obligent à se mettre à couvert dans le couloir. Dutch s'abrite derrière la porte. Lui aussi commence à accuser le coup.

Au loin, il entend le son lancinant des sirènes.

Dutch sait que son temps est compté. Il crie à Remo :

— T'entends ça ? Les flics arrivent.

Remo ne répond pas.

Dutch compte jusqu'à deux et se retourne pour faire irruption dans la pièce, en tirant à tout va.

Il y a longtemps que Remo n'y est plus.

Mais il a laissé derrière lui un joli tableau pour Dutch : son frère quasiment coupé en deux et les restes sanguinolents de la brute sous contrat. Dutch a appris l'importance de compartimenter ses émotions. Derrière les murs d'une prison, c'est une aptitude qui permet à un homme de survivre à bien des épreuves. À condition de pouvoir la maîtriser sans devenir fou. Plus tard, Dutch s'accordera un moment pour faire le deuil de ses frères.

Pas le temps maintenant pour ces conneries.

Il avise la fenêtre cassée sur sa gauche.

Au-dehors, la nuit commence à tomber. Puisant dans ses dernières réserves d'énergie, Remo traîne sa carcasse abîmée et défaillante à travers les bois. Trouvant un arbre qui lui offre une bonne vue sur la maison, il se jette à couvert. Remo actionne son fusil à pompe. Il va attendre que Dutch sorte et mettre fin à ce bordel.

D'une manière ou d'une autre.

Pas si con comme plan, tout bien considéré. C'est alors qu'il remarque un cadavre couvert de tatouages, troué d'un unique impact de balle entre les yeux. Bien trop propre pour qu'il puisse se l'accorder.

Mais alors qui ?

Remo regarde autour de lui, aperçoit un autre cadavre identique. Même impact de balle impeccable.

L'équipe de l'Escalade.

Bien évidemment, Remo n'est pas au courant. Un bruissement de pas se fait entendre derrière lui. Remo se retourne, fusil à pompe au creux du bras.

Un mouvement non loin de lui, derrière un arbre.

Remo réagit sans réfléchir, il presse la détente avant de s'inquiéter de l'identité de l'intrus. La balle frappe Hollis de plein fouet, l'envoyant voler sur le sol.

Non ! Non !

Certain d'avoir tué Hollis, Remo plonge à son côté. S'il vous plaît non, pas ça. Contrairement à Dutch, Remo ne sait pas compartimenter ses émotions. Remo considère Hollis comme son ami – si l'on peut dire –, et son geste est une croix trop lourde à porter. Le visage de Hollis est tailladé d'écorchures, ses épaules et son ventre parsemés d'éraflures. Sa chemise Oxford infroissable est couverte de grenaille de chevrotine.

Mais il n'y a aucune trace de sang.

À travers les trous dans la chemise, Remo aperçoit une matière noire. Hollis porte son gilet en Kevlar. Il est blessé, mais pas mort. Remo respire.

— Tu es vraiment le roi des connards, crache Hollis.

— Merde, je suis désolé.

Les yeux de Hollis s'écarquillent. Et Remo n'a pas le temps de se retourner que Dutch est sur eux. Il plaque violemment Remo, qui s'écrase contre le sol sous la force de l'impact. Dutch martèle Remo de coups en criant :

— Où est mon fric ? Où est mon putain de fric ?!

— Je l'ai donné, répond Remo, en encaissant un puissant coup de poing en plein visage.

— Où il est ?

— Regarde-toi… Monsieur la Terreur. Écoute bien. Ton fric est dans la poche des familles des gens que toi et tes merdes de frères avez assassinés.

Un fusible saute dans le cerveau de Dutch.

Remo répond, en crachant une dent :

— Il s'est envolé. *Gone, baby, gone.*

Dutch a accumulé en lui toute la rage d'une vie de frustration.

Il a pris soin de ses frères quand personne ne voulait le faire.

Des années en prison…

Tout ce temps passé à attendre une récompense qui n'existait plus.

Quelqu'un doit payer le prix fort pour tout ce qu'il a enduré.

Mû par une fureur primitive, Dutch délivre une volée de coups de poings sauvages. Visage, cou, oreille – peu importe où son poing frappe, l'important est qu'il fasse mal. Ses veines gonflent. Il bave de rage.

Remo est cloué au sol ; il n'a pas d'autre choix que de rester allongé et d'encaisser les coups.

Dutch cherche quelque chose autour de lui, n'importe quoi, afin de porter le coup fatal. Ses doigts trouvent un large caillou. Il le soulève au-dessus de sa tête, prêt à fracasser le crâne de Remo.

Dutch sent le goût de la mort, ce moment qui l'obsède. La fin de Remo est proche.

Immobile et impuissant, Remo regarde la pierre se soulever au-dessus de sa tête, projetant une ombre sur son visage.

À ce moment, Hollis tire son 9 mm et roule sur lui-même pour viser Dutch. Mais il n'est plus là.

Dans un claquement sec, une batte de base-ball s'est abattue sur sa tempe et Dutch gît maintenant au sol.

Au-dessus de lui se dresse Lester, batte à la main.

Remo regarde le corps de Dutch s'agiter de spasmes dans la terre, tandis qu'une flaque de sang s'épanche autour de son crâne. Remo se relève et s'efforce de reconstituer le puzzle insoluble de la dernière heure de sa vie.

Hollis tient Lester en joue.

Lester serre la batte, qu'il semble peu disposé à lâcher.

Une pensée incongrue traverse l'esprit de Remo. Je rêve ou il m'a piqué mes fringues ?

Il se lève d'un bond en criant, s'interposant entre Lester et Hollis.

— Non, Hollis, je le connais. Lester, posez votre batte. Merci du coup de main. Vous m'avez sauvé. Dieu sera fier de vous.

L'expression sur le visage de Lester reste dure, en état de guerre. Comme un masque figé. Hollis continue de tenir Lester en joue. Déformation professionnelle.

Le bruit des sirènes se rapproche.

Remo persiste à essayer de calmer Lester.

— Il faut qu'on y aille, mon gars.

Sur le sol, un grognement incompréhensible s'élève de Dutch. Aussi peu crédible que cela semble, venant de la part d'un homme tel que Dutch, il est en train de gémir. Comme un homme à l'agonie cherchant une miséricorde de dernière minute.

Lester adresse un signe de tête à Remo puis décoche un regard froid et dur vers Hollis, avant de ramener son attention sur Dutch.

Son ancien complice.

L'objet actuel de sa colère.

Jusqu'ici, Lester s'est plutôt bien débrouillé pour contenir ses tendances violentes, enfouissant l'ancien Lester sous la surface afin qu'il ne blesse personne. Mais quand une pression s'accumule, tôt ou tard, vient un moment où elle doit être libérée. Lester est sous pression et sa violence doit sortir, mission de miséricorde ou pas.

Lester se souvient des paroles de l'aumônier : "le développement personnel est un travail de longue haleine."

Il demandera le pardon plus tard.

Lester soulève la batte au-dessus de sa tête et assène une brutale volée de coups sur tout le corps de Dutch. Les os se brisent sous les impacts répétés du bois. Tirant alors le couteau de boucher de derrière sa ceinture et saisissant une poignée des cheveux de Dutch, Lester s'attaque à son cou, le coupant avec l'imposante lame.

Les tendons cèdent.

Le sang bouillonne et coule à gros flots.

L'écœurante combinaison de ce que Remo voit et de ce qu'il entend est insoutenable.

Hollis est ramené plusieurs années en arrière, à une nuit passée à Singapour.

Remo et Hollis se sauvent à travers les bois, sous le son des sirènes qui continue d'enfler, et ressortent près du 4 x 4 de Hollis. Remo voudrait se retourner vers Lester, mais il ne peut pas.

Il sait qu'il est des visions qui ne s'effacent pas.

34

PÂLE.

En sang.

En rogne, mais ça va passer.

Hollis est affalé dans le siège passager pendant que Remo les conduit loin de sa maison de vacances et de la tranquillité des Hamptons. Ils croisent un flot de véhicules de police et de secours roulant à tombeau ouvert dans la direction opposée. Remo les regarde passer puis disparaître dans le rétroviseur.

Hollis est un pro, en toutes circonstances. Malgré ses déplaisantes petites égratignures, il démonte son pistolet en un temps record et avec une précision absolue. Retire son gilet déchiqueté et fourre le tout dans un grand sac pour déchets verts opaque.

Remo alterne les regards entre la route et Hollis, admiratif de son travail mais aussi curieux de savoir ce qu'il compte faire ensuite. Ses blessures l'élancent, mais Remo estime qu'il serait malvenu de se plaindre de sa douleur auprès de Hollis. Vu que, après tout, il lui a quand même tiré dessus.

Ils n'ont pas échangé un mot depuis que Hollis l'a traité de connard. N'en pouvant plus, Remo décide de rompre le silence.

— Mec…

— Ferme-la, rétorque Hollis, pas intéressé.

À présent, Hollis s'en veut vraiment d'avoir fait demi-tour. Dire qu'il pourrait être en train de regarder la chaîne golf à l'heure qu'il est, ou de s'amuser avec les enfants en sirotant un cocktail. Au pire, tenter de négocier une gâterie du soir avec madame. Les possibilités sont infinies.

Dans le cas actuel, par contre, les scénarios sont quelque peu restreints.

Il sort son portable et fait défiler ses contacts. À la surprise de Remo, Hollis entame une conversation avec son interlocuteur dans un mandarin parfait. L'échange dure moins de vingt secondes, mais Remo est soufflé. Hollis raccroche et se tourne vers Remo :

— Donne-moi ça, aboie-t-il en montrant l'équipement de Remo.

Remo retire sa bandoulière et son gilet, sans s'enquérir sur les compétences en mandarin de Hollis.

— Hollis…

Hollis fourre l'attirail de Remo dans le sac en répondant :

— Dépose-moi à quelques pâtés de maisons du cabinet du docteur Wu. (Il montre ses blessures.) Moi je m'occupe de moi, et toi peux aller te faire foutre.

Remo se mord la langue. Encore une fois, compte tenu du fait que c'est lui qui a tiré sur Hollis, il ne devrait pas relever. Seulement pour un mec comme Remo, ce n'est pas une option envisageable. Méditant les événements de la journée, il remarque :

— Sans vouloir la ramener, tu avais un flingue…

— Je m'apprêtais à m'en servir, mais ton taré de copain s'est pointé et…

— Tu as pris tout ton temps pour dégainer, enfoiré, pendant que cet animal me mettait la tête au carré.

Esquissant un rictus, Hollis continue de ranger son attirail dans le sac.

— Ta. Gueule.

— Je suis quasiment sûr que tu l'as fait exprès, c'est tout ce que je dis.

Silence à bord.

Aucun regard.

— Putain, je te déteste à un point…, marmonne Hollis.

Silence complet durant le reste du trajet.

CINQUIÈME PARTIE

(Cœur fou, fou, fou)

35

PARENTS et enfants s'amusent de bon cœur tandis qu'ils profitent d'un moment en famille à Gramercy Park, par un samedi soir magnifique.

Assis sur un banc, Anna et Sean attendent Remo. Sean est l'archétype du môme aux yeux ronds comme des soucoupes, incapable de tenir en place ; il est comme n'importe quel enfant qui attend le père Noël ou les cloches de Pâques… ou de rencontrer pour la première fois son père. Il trépigne d'une impatience anxieuse. Sa mère, elle, s'efforce de masquer ses émotions. Elle n'aime pas vraiment ça, mais elle fait bonne figure pour l'enfant.

Une stupéfaction s'empare soudain du parc derrière eux, suivie d'une rumeur sourde. Les murmures des badauds enflent tandis que la cause de leur surprise se rapproche d'Anna et Sean.

— Oh mon Dieu.

— Il va bien ?

L'agitation finit par attirer l'attention d'Anna et de Sean. Ils se retournent, et en découvrent la source.

Remo.

Littéralement en sang, Remo traverse le parc d'un pas boitillant. C'est à peine s'il tient debout, il avance en zigzag, d'une démarche traînante. Sans se soucier de lui-même, ni de personne d'autre, il déambule péniblement.

Piétinant les nappes de pique-nique, il pose les pieds dans les assiettes de nourriture. De la moutarde gicle d'un sandwich tandis que son talon s'enfonce dans le pain de mie.

Il interrompt des matchs de catch improvisés.

Bouscule une fille en train de rédiger un texto.

Marche avec la grâce d'un zombie épileptique. Malgré la douleur qu'il ressent dans chaque cellule de son corps, il s'entête à avancer d'une manière qui fait peine à voir.

Le regard d'Anna est fixé sur lui. Aucun livre sur l'éducation de vos enfants ne vous prépare à ça.

— Remo ? dit-elle, une main sur les yeux de son fils, lorsque Remo s'arrête devant eux.

Il se redresse aussi droit qu'il le peut.

Rajuste sa chemise.

Penche un peu.

Il a beau sembler revenir des pires contrées de l'enfer, il est heureux d'être là. Ça lui fait un mal de chien, mais il parvient à dire :

— Salut, vous deux…

Avant de s'effondrer, tête la première, comme un squelette démantibulé.

36

Un œil lutte pour s'ouvrir. Le combat est rude, mais la paupière finit par s'entrouvrir, lentement, fendant la peau cicatricielle. Papillonnant contre son gré, elle réussit à regagner un semblant d'aspect normal. Puis se met à cligner rapidement, redoublant de zèle afin d'humecter un œil si rêche qu'on pourrait y gratter une allumette.

L'œil valide de Remo s'affole dans son orbite, tandis qu'il avise la pièce dans laquelle il se trouve. Il ne la reconnaît pas. Mais ce n'est pas la première fois qu'il se réveille dans une pièce inconnue.

L'endroit est austère et propre. Ce n'est pas un bar, ni une maison de passe, ni même l'appartement étrange d'une dame avec des chats et toutes ces conneries. Mais surtout, ce n'est pas un cercueil.

C'est une pièce carrée, en forme de boîte, qui s'efforce à grand-peine de ressembler à un espace de vie. Pas grand-chose en termes de mobilier, tableaux insipides aux murs, achetés au rabais. Le soleil filtre à travers d'épais rideaux, traçant des rais de lumière sur le carrelage blanc du sol. Remo est étendu sur un lit d'hôpital. Luttant pour revenir à lui et s'humecter les lèvres.

Il a l'impression qu'un chat lui a chié dans la bouche. Remo oblige ses paupières à rester ouvertes. Il repense aux dessins animés qu'il regardait étant enfant, ceux dont les personnages utilisaient des cure-dents pour maintenir leurs yeux ouverts ; puis les paupières se refermaient malgré tout en cassant en deux les cure-dents. Jusqu'à maintenant cela lui semblait ridicule et irréaliste. Aujourd'hui, cependant, ça lui paraît tout à fait possible.

Des tubes et des appareils sont fixés en divers points de son corps. Quelque chose à sa gauche coule, goutte à goutte. Un autre truc à sa droite émet un bip discret et régulier toutes les poignées de secondes, tandis que des chiffres sautillent sur un écran. Seuls deux trois bouts de sparadrap, un peu de gaze, et une touche d'espoir le maintiennent en un seul morceau, mais il est en vie. La douleur traverse chaque centimètre de son corps tandis qu'il se redresse en s'efforçant péniblement de recouvrer ses esprits.

Sa voix craque tandis qu'il marmonne :

— C'était une très mauvaise idée.

Il s'interrompt dans son mouvement en réalisant qu'il n'est pas seul.

Une personne le dévisage.

Une petite personne.

Sean.

Juché au pied de ce qui a failli être son lit de mort, il y a son fils. Un parfait petit visage, encadré par deux minuscules mains soutenues par deux coudes maigrichons. Sean s'est trouvé un poste d'observation sûr à distance, mais la curiosité le pousse à se rapprocher. Le garçonnet lui adresse un léger sourire chargé d'appréhension. Grimaçant sous la douleur, Remo lui retourne son sourire.

Une lueur d'espoir qui tombe à point nommé pour Remo.

Il se tourne et aperçoit, alignées contre le mur, d'autres personnes attendant également qu'il se réveille.

Des personnes qui meurent d'envie de faire un brin de causette.

L'inspecteur Harris est appuyé contre le chambranle de la porte, accompagné de ses collègues policiers, qui ne semblent animés que d'un seul désir : lui arracher la peau du visage et la clouer au mur.

Leslie, la substitut du procureur, est cachée dans un coin ; elle partage une expression similaire.

Anna est assise dans un fauteuil qui ne paraît pas très confortable. Elle se désintéresse totalement de Remo. C'est son fils qu'elle observe ; Anna bout dans son jus. Qu'est-ce qui m'a pris ? Je savais qu'il me réservait un truc dans ce genre. Va te faire foutre, Remo.

L'inspecteur Harris rompt le silence.

— Remo. J'aimerais beaucoup qu'on discute, vous et moi.

Remo lève une main, pour demander qu'on lui accorde un moment. Il souhaite dire quelque chose à Sean. Quoi, il n'en a aucune idée, mais il s'est donné beaucoup de mal pour obtenir ce moment, et il tient à en profiter.

Il ouvre la bouche pour dire quelque chose. Se ravise. Il juge préférable de garder ces paroles pour lui-même. Anna surveille la scène avec la même appréhension qu'elle afficherait en regardant un chien traverser une autoroute. Sean est assis, son petit cœur tambourinant d'impatience. Remo sait qu'il n'y a pas de mots justes pour dire ce qu'il a à dire, ce que Sean est en droit d'entendre, alors il opte simplement pour le silence.

Sean le tire finalement de ce malaise en demandant :

— Vous êtes qui ?

Remo sourit, et il n'a jamais été plus près d'afficher un authentique bonheur qu'à ce moment.

— Un connard.

Tous deux échangent un large sourire tandis qu'un gloussement communicatif s'échappe de la gorge de Sean.

Épilogue

Le plan ?

Il était simple.

Tuer une tripotée d'enfoirés et sauver un connard.

C'était la stratégie d'un dénommé Lester Ellis, ex-criminel, ex-chauffeur, actuellement homme du Seigneur.

Mission de miséricorde terminée.

Lester marche seul sur une route de campagne déserte, à une trentaine de kilomètres de la sortie de Syracuse. Une légère pluie tombe sur lui. Agréable sensation, songe-t-il. Il tire sa valise à roulettes sur la route, toujours sapé sur son trente et un avec les habits qu'il a empruntés à Remo. Le manche de la batte de base-ball recouvert de ruban antidérapant dépasse du haut du bagage, qu'il a fermé aussi hermétiquement que possible.

Et maintenant ? s'interroge Lester. Les Mashburn ne sont plus qu'un souvenir, et Remo n'a plus rien à craindre d'eux ni de leurs agissements diaboliques. Lester espère que Remo marche désormais sur un chemin plus droit, ou en tout cas moins mauvais que celui sur lequel il se trouvait.

Il le faut.

Après l'enfer qu'il a enduré.

Un homme peut-il vivre une telle expérience sans en ressortir changé ?

Il y a une autre question qui chiffonne véritablement Lester. Elle lui titille le cerveau comme une croûte sur le bras d'un enfant.

Qui était cet homme avec Remo ?

L'homme au pistolet.

Lui aussi semblait porter un lourd fardeau. Tout autre que celui de Remo bien évidemment, mais un fardeau qu'on ne peut ignorer. Le genre qu'on traîne depuis si longtemps qu'on n'y prête même plus attention – le pire des fardeaux.

Lester l'a lu dans ses yeux.

Il a découvert qu'on pouvait apprendre beaucoup de choses de quelqu'un en peu de temps. Il suffit de plonger dans son regard. Tout est dans les yeux d'un homme. C'est réellement tout ce dont il faut se soucier quand un homme pointe son arme sur vous, et cet homme aurait pu lui loger une balle dans le crâne. Lester le sait. L'homme que Remo a appelé Hollis a tué auparavant, ça ne fait pas l'ombre d'un foutu doute.

Remo est-il vraiment en sécurité en compagnie d'un tel homme ?

Lester ne le croit pas.

Il décide de rebrousser chemin et de retourner vers New York. Il doit s'en assurer. Comme il fait faire demi-tour à sa valise, celle-ci bascule et se renverse sur la chaussée. Lester se penche pour en ranger le contenu. Soulevant le couvercle, il déplace les affaires afin de ramener un semblant d'équilibre. Il ouvre un gros sac-poubelle noir niché parmi les habits.

À l'intérieur, Lester saisit une poignée de cheveux et retourne la tête de Dutch.

Satisfait, il remonte la fermeture Éclair et continue son chemin.

Son nouveau plan en tête.

Remerciements

ON n'arrive à rien tout seul, aussi j'aimerais remercier les personnes qui m'ont donné force et espoir durant cette vie d'écriture, commencée depuis peu, et composée d'autant de moments de plaisir que d'autodétestation.

Tout d'abord, merci à Elmore Leonard, Don Winslow, Stephen King, Chuck Palahniuk, Duane Swierczynski, Charlie Huston et Dennis Lehane. Vous ne me connaissez pas, mais merci pour ce que vous faites. Un autre merci, sans ordre particulier, aux romanciers, durs à cuire, bons Samaritains et dieux de l'écriture suivants : Blake Crouch, Tom Pitts, Allan Guthrie, Joe Clifford, John Rector, Peter Farris et Johnny Shaw. Merci pour ces discussions sur les livres et le monde de l'édition – quand bien même elles ne disaient pas leur nom.

Un déluge d'affection baveuse à la chouette équipe de MXN Entertainment (Michelle Knudsen et Mason Novick) pour leur aide et leur soutien indéfectibles durant ces années. Mason : un simple remerciement serait loin du compte, mon pote.

J'adresse tout mon amour et mon estime à ma famille et à mes proches, pour m'avoir enduré, moi et mes conneries – vous vous reconnaîtrez. Merci à mon père et à ma mère de ne pas m'avoir vendu comme cobaye à la science et, enfin, dernières dans cette liste mais pas dans mon cœur, merci à mes magnifiques femme et fille. Vous m'avez supporté et soutenu durant mes périodes amères, grincheuses, lunatiques et (n'ayons pas peur des mots) sombres. Pour ça et pour tout le reste, jour après jour… je vous aime.

Table

DERNIÈRES PARUTIONS

Larry McMurtry, *Lune comanche*
Mike McCrary, *Cobb tourne mal*
James McBride, *Mets le feu et tire-toi*
Craig Johnson, *La Dent du serpent*
Joe Flanagan, *Un moindre mal*
Jennifer Haigh, *Ce qui gît dans ses entrailles*
Todd Robinson, *Une affaire d'hommes*
Lance Weller, *Les Marches de l'Amérique*
James Crumley, *Le Dernier Baiser*
Henry Bromell, *Little America*
Matthew McBride, *Soleil Rouge*
Jean Hegland, *Dans la forêt*
Steve Weddle, *Le Bon Fils*
Thomas McGuane, *Le Long Silence*
David Vann, *Aquarium*
Bruce Holbert, *L'Heure de plomb*
Alex Taylor, *Le Verger de marbre*
Katherine Dunn, *Amour monstre*
Larry McMurtry, *La Marche du mort*
Christa Faust, *Money Shot*
Craig Johnson, *À vol d'oiseau*
Pete Fromm, *Le Nom des étoiles*
James Crumley, *Fausse piste*
Jake Hinkson, *L'Homme posthume*
Ellen Urbani, *Landfall*
Ned Crabb, *Meurtres à Willow Pond*
Ron Carlson, *Retour à Oakpine*
Pete Fromm, *Indian Creek*
John Haines, *Vingt-cinq ans de solitude*
Jon Bassoff, *Corrosion*
Bob Shacochis, *La Femme qui avait perdu son âme*
Craig Johnson, *Steamboat*
John Gierach, *Danse avec les truites*
Peter Farris, *Dernier appel pour les vivants*
Larry McMurtry, *Le Saloon des derniers mots doux*
Aaron Gwyn, *La Quête de Wynne*
James McBride, *L'Oiseau du Bon Dieu*
Todd Robinson, *Cassandra*

Cet ouvrage a été imprimé sur du papier
dont les fibres de bois proviennent
de forêts durablement gérées

IMPRIM'VERT®

CET OUVRAGE A ÉTÉ COMPOSÉ PAR
ATLANT'COMMUNICATION
AU BERNARD (VENDÉE).

ACHEVÉ D'IMPRIMER SUR ROTO-PAGE
PAR L'IMPRIMERIE FLOCH À MAYENNE
EN JUIN 2017
POUR LE COMPTE DES ÉDITIONS GALLMEISTER
30, RUE DE FLEURUS
75006 PARIS

DÉPÔT LÉGAL : JUIN 2017
1re ÉDITION
N° D'IMPRESSION : 91057
IMPRIMÉ EN FRANCE